VOZES ANOITECIDAS

Obras do autor na Companhia das Letras

A água e a águia
Antes de nascer o mundo
As Areias do Imperador 1 — Mulheres de cinzas
As Areias do Imperador 2 — Sombras da água
As Areias do Imperador 3 — O bebedor de horizontes
Cada homem é uma raça
A confissão da leoa
Contos do nascer da Terra
E se Obama fosse africano?
Estórias abensonhadas
O fio das missangas
O gato e o escuro
A menina sem palavra
Na berma de nenhuma estrada
O outro pé da sereia
Poemas escolhidos
Um rio chamado tempo, uma casa chamada terra
Terra sonâmbula
O último voo do flamingo
A varanda do frangipani
Venenos de Deus, remédios do diabo
Vozes anoitecidas

MIA COUTO

Vozes anoitecidas
Contos

5ª reimpressão

COMPANHIA DAS LETRAS

Copyright © 2013 by Mia Couto, Editorial Caminho SA, Lisboa

Edição apoiada pela Direção-Geral do Livro, dos Arquivos e das Bibliotecas/ Secretaria de Estado e da Cultura — Portugal

A editora manteve a grafia vigente em Moçambique, observando as regras do Acordo Ortográfico da Língua Portuguesa de 1990.

Capa
Alceu Chiesorin Nunes

Ilustração de capa
Angelo Abu

Revisão
Jane Pessoa

Dados Internacionais de Catalogação na Publicação (CIP)
(Câmara Brasileira do Livro, SP, Brasil)

Couto, Mia
    Vozes anoitecidas : Contos / Mia Couto. — 1ª ed. —
São Paulo : Companhia das Letras, 2013.

ISBN 978-85-359-2733-7

1. Contos moçambicanos I. Título.

13-09693   CDD-m869.3

Índice para catálogo sistemático:
1. Contos : Literatura moçambicana 869.3

[2020]
Todos os direitos desta edição reservados à
EDITORA SCHWARCZ S.A.
Rua Bandeira Paulista, 702, cj. 32
04532-002 — São Paulo — SP
Telefone: (11) 3707-3500
www.companhiadasletras.com.br
www.blogdacompanhia.com.br
facebook.com/companhiadasletras
instagram.com/companhiadasletras
twitter.com/cialetras

Índice

Prefácio à edição portuguesa......................... 7
Como se fosse um prefácio........................... 11
Texto de abertura....................................... 17

A fogueira... 19
O último aviso do corvo falador 27
O dia em que explodiu Mabata-bata 39
Os pássaros de Deus 49
De como se vazou a vida de Ascolino
    do Perpétuo Socorro............................... 57
Afinal, Carlota Gentina não chegou
    de voar?... 73
Saíde, o Lata de Água................................. 85
As baleias de Quissico................................. 93
De como o velho Jossias
    foi salvo das águas................................. 103
A história dos aparecidos 115
A menina de futuro torcido 125
Patanhoca, o cobreiro apaixonado................. 133

Glossário 151

Prefácio à edição portuguesa

Quase de chofre e muito sorrateiramente, Mia Couto apareceu-nos a confirmar que todo e qualquer ato criativo sério na área das artes (plásticas ou literárias) não consiste em ser autor de coisa jamais feita, ser o pioneiro ou dela ser o descobridor. E dizemo-lo porque esta coletânea de contos com que Mia Couto se estreia na ficção tem, quanto a nós, precisamente o mérito de reestabelecer o elo, reavivar uma continuidade, partindo do *Godido*, de João Dias, passando inevitavelmente pelo *Nós matámos o cão tinhoso* de Luís Bernardo Honwana.

Ou equívoco nosso ou este *Vozes anoitecidas* imbui-se de um referencial algo importante para nós, moçambicanos, literariamente: indo afoitamente remexer as tradicionais raízes do Mito, o narrador concebe uma tessitura humano-social adequada a determinados lugares e respetivos quotidianos. Mia Couto faz-se (transfigura-se) vários seus personagens pela atenta escuta de pessoas e incidentes próximos de si, porque o homem-escritor quer-se testemunha ativa e consciente, sujeito também do que acontece e como acontece, já que desde a infância pôde saber-se objeto.

Em jeito de aforismo, Mia Couto remete-nos para enredos e tramas cuja lógica se mede não poucas vezes pelo absurdo, por um irrealismo, conflitantes situações; pelo drama, o pesadelo, a angústia e a tragédia. No entanto — e importa salientar — fiel ao clima. O mesmo clima. Um dado clima. Isso que distingue o escritor do escrevente e diferencia prosa de prosaico.

Obtendo sugestivos efeitos significantes, Mia Couto maneja a linguagem das suas figuras legitimando a transgressão lexical de uma fala estrangeira com o direito que lhe permite o seu papel de parente vivo de *Vozes anoitecidas*. E, tal como João Dias e Luís Bernardo Honwana já a isso, óbvia e necessariamente, haviam recorrido, também Mia Couto consegue na escrita refletir vivências e particularismos sem descer ao exotismo gratuito, ao folclorismo cabotino. Igualmente sem se estatelar no linguajar chocarreiro de baixo nível, sem cair na chacota ou no indigenismo de burlesca ironia do senso de humor pró-colonial.

Com esta auspiciosa estreia na prosa (!) Mia Couto entrega-se ao renovo, esse aspeto sempre pouco, menor, mau ou descarado quando se não apoia no talento. E como? Inserindo-nos no ritmo do poeta que já era e no modular sóbrio, conciso — tributo à tarimba de jornalista ou seu estilo? —, do narrador recreando-se no prazer do contador de estórias. Dando-se até a exigência de não se autorizar — nem a ele nem aos seus leitores — a fácil sonolência, o bocejo, o monótono ou o ambíguo escorregadio, o que vale, afinal, como aquele objetivo da coisa literária que muitos aprendizes despudoradamente tentam mas que só os eleitos vão conseguindo. Portanto, ao notável projeto literariamente moçambicano de João Dias (década de 50), a feliz proposta de Luís Bernardo Honwana (década de 60) vemos afluir com a mesma surpresa e também quase à socapa, dialeticamente, este *Vozes anoitecidas* (década de 80) de Mia Couto. Uma trilogia que nos apetece exaltar como base e fase da nossa criação na arte de escritor ou — por que não? — capítulo cultural importante de uma fisionomia africana com personalidade identificavelmente moçambicana, umas vezes nas simbologias, outras vezes em certos desfechos, reações e codificações de um fatalismo místico ritualista, aparentemente imaginado mas extraído da própria vida. E que Mia Couto, em forma de hábeis slides, com rara beleza fixa e nos oferece para nos angustiar ou fazer participar a partir da sua visão deste nosso universo sentido do lado de dentro. Visão precária? Ah! Desculpem, mas não enveredemos numa práxis ou na catarse do fenómeno literário, essa tarefa em que transpiram e se esgotam os críticos de ofício. E o que nós temos estado, muito tosca e fastidiosamente, a tentar dizer é que gostámos maningue deste *Vozes anoitecidas*. Sinceramente, maningue, mesmo!

E, já agora, não sabendo se vale ou não vale a pena, se devo ou não devo, atrevo-me ao desplante de garantir que Mia Couto com estes seus magníficos slides no género conto mostra que neles se mantém — e com sensibilidade — o bom poeta que no género poesia já provara ser. E ainda bem, porque disso se congratula menos o autor e mais, bem mais, a literatura destes sítios meridionais, cujos pés, mãos, cabeça e coração se salgam e iodizam no mar Índico mas... em Moçambique.

Abril de 1987

José Craveirinha

Como se fosse um prefácio

Meu caro Mia Couto,

Fui a ver o tempo e encontrei-o — o tempo este, nosso, tão sentencioso como o puseste na fala do responsável da "História dos aparecidos": "Vocês são almas, não são a realidade materialista como eu e todos que estão connosco na nova aldeia". Situação paradigmática.

Agora pedes-me, a "aparência" de um prefácio. Confesso — sei só a carta. Depois, e com alguns deploráveis exemplos entre nós, a tradição do prefácio convencionou fazer dele a descabelada exegese das obras onde elas não se bastam por si. Como não é esse o teu caso...

Sabemos os dois — e saberão mais alguns — que não somos os maiores, que a aventura literária à medida que se desdobra na mais radical das autognoses nos "humilda" a ponto de reusarmos o caciquismo de qualquer "nova aldeia".

Cacique, pois, voluntariamente deposto, queria

ver nesta tua coletânea de contos uma saudável provocação aos que vêm costurando no nado-morto-vivo corpo da literatura moçambicana: lá onde se diz sermos só um país de poetas, vens tu, poeta de títulos comprovados, a desdizê-los. A filha do velho e defunto Guimarães Rosa chamaria a isto uma "acontecência". E é. Mas se será maior ou menor ou se na estiagem das pátrias letras ela vem abrir aquele sulco indelével sentenciosamente te direi que pouco interessa e não sei.

Contrariamente ao que se costuma fazer quando prefácios se escrevem, confesso-te que li os contos todos. Oito propostas, não é? Ou outras tantas maneiras de "outrar" esta coeva, conservadora, frenética, delirante realidade. Penso que conseguiste um bom flash "no invisível pescoço do vento" da escrita: "De repente o boi explodiu. Rebentou sem um múúú. No capim em volta choveram pedaços e fatias, grãos e folhas de boi. A carne era já borboletas vermelhas". Mas há outros. Nenhum sentido redutor que não se espraie num miúdo saber fazer de ironia quando o imaginário colide com a realidade, no querer dizer este nosso tempo onde as fórmulas se começam a deglutir e o slogan "explode" aquém minado pelo real e todos os seus arquétipos.

A eles te quiseste aventurar, aos arquétipos, desnudando-os com minúcia e mais a manselinha atenção de o realizares com a única e grande arma da linguagem que é aquilo com que literatura se faz. Nessa opção pelo terceiro registo — na definição de Hartmann o registo "é a variação linguística realizada com um determinado fim" —, parece-me serem muitas as implicações presentes. Contudo, só na aparência estamos longe do poeta da *Raiz de orvalho*. Do poeta ficou o narrador capaz de reveladoras imagens, secretamente cúmplice dos mais deserdados dos seus personagens, atento ao outro lado das coisas, jogando na fronteira do fantástico, diapasão vibrando entre o halo de vida e a pulsão de morte deste nosso ser em formação/situação para nos dar a partitura breve de "A fogueira" ou do "Saíde, o Lata de Água".

Quanto às implicações, meu caro Mia Couto, gostaria tão-só de ressalvar a mais importante delas. Para mim, é claro. Se mais ou menos andamos todos a esgaravatar na substância da Moçambicanidade — e é preciso dizer que mais honesta e verdadeiramente uns do que outros —, julgo ver nestes teus textos um empenhamento total. E a complicação começa aqui.

Pois que raio de coisa será essa da Moçambicanidade? O despedaçado boi étnico a que um excesso de etnocentrismo rotula de tribalismo? A orteguiana circunstância de sermos os embaraçados "herdeiros", cada um por sua privada genealogia, ou do cantochão latino, ou de muezins arábicos, ou de Monomotapas nostálgicos, ou já algum sincretismo histórico disso tudo, mas ainda na ilha onde Caliban e Próspero lambem as últimas feridas? Ou já nem será bem isto por milagre de um denominador comum em projeto político estruturado?

Onde há tantas perguntas para poucas respostas não resisto a citar Eugénio Lisboa na intervenção sobre "O particular, o nacional e o universal" que fez para o Colóquio de Paris em torno das "Literaturas africanas de língua portuguesa: à procura da identidade, individual e nacional": "Costuma dizer-se que órgão que se sente é órgão doente. E eu começo a ser de opinião que esta malhação sistemática, ultimamente feita, no problema das identidades nacionais, pode acabar por ter efeitos mais negativos do que positivos. Quanto mais manipulamos a senhora menos ela nos responde. Falamos sempre demasiado do que não sentimos o suficiente e gabamo-nos sobretudo das conquistas que não fazemos. O êxito pleno antes convoca o silêncio de uma digestão satisfeita. A busca da identidade, comandada de cima, pode muito bem assumir a forma e emitir o cheiro de um mau programa nacionalista (no pior sentido), para efeitos políticos de valor ético duvidoso. O mais curioso é que a identidade de um povo, assim manipulada, varia singularmente com os objetivos em vista. A cada caudilho, a identidade almejada que lhe convém. No meio de tudo isto, ao pobre do povo e ao pobre do artista fica-lhes o fado triste de dançarem conforme a música que lhes tocam, mudando de identidade como quem muda de camisa, para maior glória de quem se está marimbando para a integridade de quem escreve ou para a liberdade de quem pinta".

Judiciosas e incomodativas palavras! Aplicar-se-ão assim em absoluto na variedade histórica de muito país ex-colonizado às contas consigo e o resto por esse mundo fora.

Fico-me pelo particular dos teus contos, por essa opção tua, minudente, de quereres iluminar o lado de sombra, só aparentemente comezinho, desta saga histórica que nos envolve. Vergados ao discurso grandíloquo é bom esta descolonização da palavra, este experimentar de estruturas narrativas, este também sentencioso — mais persuasivo do que impositivo — modo de nos recordar as pequenas verdades dos pequenos e esquecidos personagens de cuja soma total, derrogados do que não interessa do seu valor intrínseco, o Discurso da História se faz.

E mais não sei. Quiçá acrescentar que a literatura, quando o não é, se prostitui para ser menos do que as ideologias de que se serve ou que quer servir. Que, não isenta de um substrato ético, cultural, político também, a tua nos começa a redimir de tantas tentações redutoras dos múltiplos e entrelaçados planos deste nosso real dia-a-dia a descobrir-se mais moçambicano.

Maputo, 1º de abril de 1986.

Luís Carlos Patraquim

Texto de abertura

O que mais dói na miséria é a ignorância que ela tem de si mesma. Confrontados com a ausência de tudo, os homens abstêm-se do sonho, desarmando-se do desejo de serem outros. Existe no nada essa ilusão de plenitude que faz parar a vida e anoitecer as vozes.

Estas estórias desadormeceram em mim sempre a partir de qualquer coisa acontecida de verdade mas que me foi contada como se tivesse ocorrido na outra margem do mundo. Na travessia dessa fronteira de sombra escutei vozes que vazaram o sol. Outras foram asas no meu voo de escrever. A umas e a outras dedico este desejo de contar e de inventar.

A fogueira

A velha estava sentada na esteira, parada na espera do homem saído no mato. As pernas sofriam o cansaço de duas vezes: dos caminhos idosos e dos tempos caminhados.

A fortuna dela estava espalhada pelo chão: tigelas, cestas, pilão. Em volta era o nada, mesmo o vento estava sozinho.

O velho foi chegando, vagaroso como era seu costume. Pastoreava suas tristezas desde que os filhos mais novos foram na estrada sem regresso.

"Meu marido está diminuir", pensou ela. *"É uma sombra."*

Sombra, sim. Mas só da alma porque o corpo quase que não tinha. O velho chegou mais perto e arrumou a sua magreza na esteira vizinha. Levantou o rosto e, sem olhar a mulher, disse:

— *Estou a pensar.*

— *É o quê, marido?*

— *Se tu morres como é que eu, sozinho, doente e sem as forças, como é que eu vou-lhe enterrar?*

Passou os dedos magros pela palha do assento e continuou:

— *Somos pobres, só temos nadas. Nem ninguém não temos. É melhor começar já a abrir a tua cova, mulher.*

A mulher, comovida, sorriu:

— *Como és bom marido! Tive sorte no homem da minha vida.*

O velho ficou calado, pensativo. Só mais tarde a sua boca teve ocasião:

— *Vou ver se encontro uma pá.*

— *Onde podes levar uma pá?*

— *Vou ver na cantina.*

— *Vais daqui até na cantina? É uma distância.*

— *Hei de vir da parte da noite.*

Todo o silêncio ficou calado para ela escutar o regresso do marido. Farrapos de poeira demoravam o último sol, quando ele voltou.

— *Então, marido?*

— *Foi muito caríssima* — e levantou a pá para melhor a acusar.

— *Amanhã de manhã começo o serviço de covar.*

E deitaram-se, afastados. Ela, com suavidade, interrompeu-lhe o adormecer:

— *Mas, marido...*

— *Diz lá.*

— *Eu nem estou doente.*

— *Deve ser que estás. Você és muito velha.*

— *Pode ser* — concordou ela. E adormeceram.

Ao outro dia, de manhã, ele olhava-a intensamente.

— *Estou a medir o seu tamanho. Afinal, você é maior que eu pensava.*

— *Nada, sou pequena.*

Ela foi à lenha e arrancou alguns toros.

— *A lenha está para acabar, marido. Vou no mato levar mais.*

— *Vai mulher. Eu vou ficar covar seu cemitério.*

Ela já se afastava quando um gesto a prendeu à capulana e, assim como estava, de costas para ele, disse:

— *Olha, velho. Estou pedir uma coisa...*

— *Queres o quê?*

— *Cova pouco fundo. Quero ficar em cima, perto do chão, tocar a vida quase um bocadinho.*

— *Está certo. Não lhe vou pisar com muita terra.*

Durante duas semanas o velho dedicou-se ao buraco. Quanto mais perto do fim mais se demorava. Foi de repente, vieram as chuvas. A campa ficou cheia de água, parecia um charco sem respeito. O velho amaldiçoou as nuvens e os céus que as trouxeram.

— *Não fala asneiras, vai ser dado o castigo* — aconselhou ela. Choveram mais dias e as paredes da cova ruíram. O velho atravessou o seu chão e olhou o estrago. Ali mesmo decidiu continuar. Molhado, sob o rio da chuva, o velho descia e subia, levantando cada vez mais gemidos e menos terra.

— *Sai da chuva, marido. Você não aguenta, assim.*

— *Não barulha, mulher* — ordenou o velho. De quando em quando parava para olhar o cinzento do céu. Queria saber quem teria mais serviço, se ele se a chuva.

No dia seguinte o velho foi acordado pelos seus ossos que o puxavam para dentro do corpo dorido.

— *Estou a doer-me, mulher. Já não aguento levantar.*

A mulher virou-se para ele e limpou-lhe o suor do rosto.

— *Você está cheio com a febre. Foi a chuva que apanhaste.*

— *Não é, mulher. Foi que dormi perto da fogueira.*

— *Qual fogueira?*

Ele respondeu um gemido. A velha assustou-se: qual o fogo que o homem vira? Se nenhum não haviam acendido?

Levantou-se para lhe chegar a tigela com a papa de milho. Quando se virou já ele estava de pé, procurando a pá. Pegou nela e arrastou-se para fora de casa. De dois em dois passos parava para se apoiar.

— *Marido, não vai assim. Come primeiro.*

Ele acenou um gesto bêbado. A velha insistiu:

— *Você está esquerdear, direitar. Descansa lá um bocado.*

Ele estava já dentro do buraco e preparava-se para retomar a obra. A febre castigava-lhe a teimosia, as tonturas dançando com os lados do mundo. De repente, gritou-se num desespero:

— *Mulher, ajuda-me.*

Caiu como um ramo cortado, uma nuvem rasgada. A velha acorreu para o socorrer.

— *Estás muito doente.*

Puxando-o pelos braços ela trouxe-o para a esteira. Ele ficou deitado a respirar. A vida dele estava toda ali, repartida nas costelas que subiam e desciam. Neste deserto solitário, a morte é um simples deslizar, um recolher de asas. Não é um rasgão violento como nos lugares onde a vida brilha.

— *Mulher* — disse ele com voz desaparecida. — *Não lhe posso deixar assim.*

— *Estás a pensar o quê?*

— *Não posso deixar aquela campa sem proveito. Tenho que matar-te.*

— *É verdade, marido. Você teve tanto trabalho para fazer aquele buraco. É uma pena ficar assim.*
— *Sim, hei de matar você; hoje não, falta-me o corpo.*

Ela ajudou-o a erguer-se e serviu-lhe uma chávena de chá.

— *Bebe, homem. Bebe para ficar bom, amanhã precisas da força.*

O velho adormeceu, a mulher sentou-se à porta. Na sombra do seu descanso viu o sol vazar, lento rei das luzes. Pensou no dia e riu-se dos contrários: ela, cujo nascimento faltara nas datas, tinha já o seu fim marcado. Quando a lua começou a acender as árvores do mato ela inclinou-se e adormeceu. Sonhou dali para muito longe: vieram os filhos, os mortos e os vivos, a machamba encheu-se de produtos, os olhos a escorregarem no verde. O velho estava no centro, gravatado, contando as histórias, mentira quase todas. Estavam ali os todos, os filhos e os netos. Estava ali a vida a continuar-se, grávida de promessas. Naquela roda feliz, todos acreditavam na verdade dos velhos, todos tinham sempre razão, nenhuma mãe abria a sua carne para a morte. Os ruídos da manhã foram-na chamando para fora de si, ela negando abandonar aquele sonho, pediu com tanta devoção como pedira à vida que não lhe roubasse os filhos.

Procurou na penumbra o braço do marido para acrescentar força naquela tremura que sentia. Quando a sua mão encontrou o corpo do companheiro viu que estava frio, tão frio que parecia que, desta vez, ele adormecera longe dessa fogueira que ninguém nunca acendera.

O último aviso do corvo falador

Foi ali, no meio da praça, cheio da gente bichando na cantina. Zuzé Paraza, pintor reformado, cuspiu migalhas do cigarro "mata-ratos". Depois, tossiu sacudindo a magreza do seu todo corpo. Então, assim contam os que viram, ele vomitou um corvo vivo. O pássaro saiu inteiro das entranhas dele. Estivera tanto tempo lá dentro que já sabia falar. Embrulhado nos cuspes, ao princípio não parecia. A gente rodou à volta do Zuzé, espreitando o pássaro caído da sua tosse. O bicho sacudiu os ranhos, levantou o bico e, para espanto geral, disse as palavras. Sem boa pronúncia, mas com convicção. Os presentes perguntaram:

— *Está falar, o gajo?*

Riram-se, alguns. Mas a voz das mulheres interrompeu-lhes:

— *Não riam-se.*

Zuzé Paraza aconselhou:

— *Isto não é um pássaro qualquer. É bom ter respeito.*

— *Ei, Zuzé. Traduza lá o discurso dele. Você deve saber o dialeto do corvo.*

— *Com certeza, sei. Mas agora não, agora não quero traduzir.* — Já centro das atenções, acrescentou: — *Esse corvo é dono de muitos segredos.*

E arrumando a ave no ombro esquerdo, retirou-se. Atrás ficaram os comentários. Agora já entendiam os ataques de tosse do pintor. Era um pedaço de céu que estava-lhe dentro. Ou talvez eram as penas a comicharem-lhe a garganta. As dúvidas somavam mais que as respostas.

— *Um homem pode parir nos pulmões?*

— *Dar parto um pássaro? Só se o velho namorava as corvas lá nas árvores.*

— *Vão ver que é a alma da mulher falecida que transferiu no viúvo.*

No dia seguinte, Zuzé confirmou esta última versão. O corvo vinha lá da fronteira da vida, ninhara nos seus interiores e escolhera o momento público da sua aparição.

Os outros que aproveitassem obter informações dos defuntos, situação e paradeiro dos antepassados. O corvo, através da sua tradução, responderia às perguntas. Os pedidos logo acorreram, numerosos. Zuzé já não tinha quarto, era gabinete. Não dava conversa, eram consultas. Prestava favores, adiava as datas, demorava atendimentos. Pagava-se com tabela: morridos no ano corrente, cinquenta escudos; comunicação com anos transatos, cento e cinquenta; mortos fora de prazo, duzentos e cinquenta.

E aqui entra na história dona Candida, mulata de volumosa bondade, mulher sem inimigo. Recém-viúva, já ex-viúva. Casou rápido segunda vez, desforrando os destemperos da ausência. Quando recasou, escolheu Sulemane Amade, comerciante indiano da povoação. Não tinha passado tempo desde que morrera Evaristo Muchanga, seu primeiro marido.

Mas Candida não podia guardar a vida dela. Seu corpo ainda estava para ser mexido, podia até ser mãe. Verdade é que, nesse intervalo, nunca foi muito viúva. Era uma solitária de acidente, não de crença. Nunca abrandou de ser mulher.

— *Casei. E depois? Preciso explicar o quê?*

E nestas palavras, dona Candida começou sua queixa para Zuzé Paraza. Quando se soube solicitado, o adivinho até adiantou a data da consulta. Nunca tinha chegado uma mulata. Os préstimos de Zuzé nunca tinham sido chamados tão acima.

— *Não sou qualquer, sr. Paraza. Como é que me sucede uma coisa dessas?*

A gorda senhora explicou suas aflições: o segundo casamento decorria sem demais. Até que o novo marido, o Sulemane, passou a sofrer de estranhos ataques. Aconteciam à noite, nos momentos em que preparavam namoros. Ela tirava o sutiã, o Sulemane chegava-se, pesado. Era então que aparecia o feitiço: grunhidos em lugar da fala, babas nos lábios, vesgueira nos olhos. Sulemane, confessava ela, o meu Sulemane salta da cama e assim, todo despido, gatinha, fareja, esfrega no chão e, por fim, focinha no tape. Depois, todo suado, o coitadinho pede água, acaba um garrafão. Não fica logo-logo o mesmo: demora a recuperar. Gagueja, só ouve do direito e adormece de olhos abertos. A noite inteira, aqueles olhos tortos a mentir que olham, é um horror. Ai, sr. Zuzé, me salve. Sofro de mais, até tenho dúvidas de Deus. Isto é obra de Evaristo, maldição dele. Éramos felizes eu e Sulemane. Agora, nós ambos já somos três. Meu Deus, por que não esperei? Por que ele não me deixa?

Zuzé Paraza cruzou as mãos, acariciou corvo. Tinha suas suspeitas: Evaristo era de raça negra, natural da região. Dona Candida, com certeza não cumprira as cerimónias da tradição para afastar a morte do primeiro marido. Engano seu, ela cumprira.

— *Cerimónias completas?*

— *Claro, sr. Paraza.*

— *Mas como? A senhora assim mulata da sua pele, quase branca da sua alma?*

— *Ele era preto, o senhor sabe. Pedido foi da família dele, eu segui.*

Paraza, intrigado, parece ainda duvidar.

— *Matou o cabrito?*

— *Matei.*

— *O bicho gritou enquanto a senhora cantava?*

— *Gritou, sim.*

— *E que mais, dona Candida?*

— *Fui ao rio lavar-me da morte dele. Levaram--me as viúvas, banharam comigo. Tiraram um vidro e cortaram-me aqui, nas virilhas. Disseram que era ali que o meu marido dormia. Coitadas, se soubessem onde o Evaristo dormia...*

— *E o sangue saiu bem?*

— *Hemorragia completa. As viúvas viram. Pelo sangue disseram que me entendia bem com ele. Não desmenti, preferi assim.*

Zuzé Paraza meditou, teatroso. Depois, soltou o corvo. O bicho esvoaçou e pousou no ombro amplo da Candida. Ela encolheu as carnes, arrepiada das cócegas. Espreitou o animal, desconfiada. Olhado assim, o corvo era feio por de mais. Quem quiser apreciar a beleza de um pássaro não pode olhar as patas. Os pés das aves guardam o seu passado escamoso, herança dos rastejantes lagartos.

O corvo rodou no poleiro redondo da mulata.

— *Desculpe, sr. Zuzé: ele não me vai cagar em cima?*

— *Não fale, dona Candida. O bicho precisa concentrar.*

Por fim, o pássaro pronunciou-se. Zuzé escutava de olhos fechados, ocupado no esforço da tradução.

— *Que foi que disse ele?*

— *Não foi o pássaro que falou. Foi o Varisto.*

— *Evaristo?* — desconfiou ela. — *Com aquela voz?*

— *Falou através do bico, não esqueça.*

A gorda ficou séria, ganhando créditos.

— *Sr. Zuzé, aproveite a ligação para lhe pedir... peça-lhe...*

Arrependendo-se, dona Candida desiste do intermediário e começa ela de berrar no corvo poleirado no seu ombro:

— *Evaristo, me deixa em paz. Faça-me o favor, deixa-me sozinha, sossegada na minha vida.*

O pássaro, incomodado com a gritaria, saltou do poiso. Paraza impôs a ordem:

— *Dona Candida, não vale a pena agitar. Viu? O pássaro sustou.*

A consultante, esgotada, chorou.

— *A senhora escutou o pedido do falecido?*

Com a cabeça, ela negou. Ouvira só o corvo, igual aos demais, desses que saltitam nos coqueiros.

— *O falecido, dona Candida, está pedir uma mala cheia com roupa dele, dessa que ele costumava usar.*

— *Roupa dele? Já não tenho. Eu não disse que pratiquei essas vossas cerimónias? Rasguei, esburaquei a roupa, quando ele morreu. Foi assim que me manda-*

ram. Disseram que devia fazer buracos para a roupa soltar o último suspiro. Sim, eu sei: se fosse agora não cortava nada. Aproveitava tudo. Mas naquele tempo, sr. Paraza...

— *É uma maçada, dona Candida. O defunto está mesmo precisado. Nem imagina os frios que dão lá nos mortos.*

A mulata ficou parada, imaginando Evaristo tremendo, sem amparo dos tecidos. Apesar das maldades que ele causara, não merecia tal vingança. Remediou os ditos: havia de roubar as roupas do Sulemane e trazer tudo num embrulho escondido.

— *O Sulemane não pode saber disto. Meu Deus, se ele desconfia!*

— *Fica descansada, dona Candida. Ninguém vai saber. Só eu e o corvo.*

E, no último instante, antes de sair, a gorda:

— *Como será que o Evaristo pode aceitar, naquele ciúme que levou para o outro mundo, como é que pode aceitar a roupa do meu novo marido?*

— *Aceita. Roupas são roupas. O frio manda mais que ciúme.*

— *Tem a certeza, sr. Paraza?*

— *Experiência que tenho é essa. Os mortos ficam friorentos porque são ventados e chuviscados. Daí que ganham inveja da quentura dos vivos. Vai ver, dona Candida, que essa roupa vai acalmar as vinganças do Evaristo.*

E a gorda mulata confessou o seu receio, nem bem com os mortos nem bem com os vivos:

— *O meu medo, agora, é o Sulemane. Ele mata-me, a mim e ao senhor.*

Zuzé Paraza levantou-se, confiante. Colocou a mão no braço da cliente e acalmou-a:

— *Estive assim pensageiro, dona Candida. E encontrei a solução. A senhora é que vai descobrir o roubo e comunicar o seu marido. Pronto, foi um ladrão qualquer, há tantos deles aqui.*

Uma semana depois, chegou uma mala cheiinha. Calças, camisas, cuecas, gravatas, tudo. Uma fortuna. Zuzé começou de experimentar o fato castanho. Estava largo, medida era de um comerciante, homem de esperar sentado, comer bem. Enquanto ele, um pintor, puxava tamanho menor. Era tão magro que nem pulgas nem piolhos lhe escolhiam.

Procurou na mala uma gravata a condizer. Havia mais de dez. Junto com cuecas de perna comprida, peúgas sem remendos. Sulemane devia ter ficado descuecado. O seu guarda-fato era agora um guarda-nada.

Vestido das aldrabices da sua invenção, Zuzé Paraza puxou a garrafa de xicadjú. Para festejar, somou mais de dez copos. Foi então que o álcool começou a aldrabar a esperteza dele, também. Havia uma voz que teimava de dentro:

— *Essas roupas são minhas próprias, não foi ninguém que deu, não vieram de nenhuma parte. São minhas!*

E assim, convencido que era dono dos enfeites, decidiu sair, gingar fora. Parou na cantina, mostrou as vaidades, casacado, gravatado. As vozes em volta encheram-se de invejas:

— *Aquela roupa não é dele. Parece já vi um alguém com ela.*

E os presentes, lembrando, chegaram ao dono: eram de Sulemane Amade. Exatamente, eram. Como foram parar aquelas roupas no Zuzé, sacana, telefonista das almas? Roubou, o gajo. Esse corveiro entrou na casa do Sulemane. E partiram a avisar o indiano.

Desconhecendo as manobras, Zuzé continuou exibindo suas despertenças. O corvo acompanhava-o, grasnando-lhe em cima. Ele, desendireitando-se, fazia o coro.

Foi então que, no cruzamento da cantina, surgiu Sulemane, espumando fúrias. Avançou no pintor e apertou-lhe o pescoço. Zuzé balançava dentro do fato largo.

— *Onde é que tiraste este fato, ladrão?*

O pintor queria explicar mas desconseguia. Em volta, o corvo saltitava, tentando pousar-lhe na cabeça instável. Quando o indiano aliviou, Zuzé murmurou:

— *Sulemane, não me mate. Não roubei. Esta roupa fui dado.*

O indiano não abandonara violências. Mudara de tática: do pescoço para pontapés. Zuzé pulava em concorrência com o corvo.

— *Quem te deu a minha roupa, grande aldrabão?*

— *Para de me dar pontapés! Vou explicar.*

Zuzé Paraza aproveitou uma trégua e atirou, certeiro:

— *Foi a tua mulher, Sulemane. Foi dona Candida que me deu essa roupa.*

— *Candida deu-te? Mentira, sacana.*

Choveram murros, pontapés, bofetadas. A assistência, em volta, aplaudia.

— *Fala verdade, Paraza. Não me vergonhes com essa história da minha mulher.*

Mas o velho pintor não falava, demasiado ocupado em se desviar das porradas. Uma dessas bofetadas que voava na direção do nariz do Paraza foi embater no pássaro. Arremessado, o corvo volteou no chão, asa partida, esperneando os finais. Todos pararam à volta da agonia da ave. As vozes aflitas:

— *Sulemane se você mataste o corvo, estás mal com a sua vida.*

— *Estou mal, o caraças! Quem é que acredita num corvo a falar com espíritos?*

Zuzé a sangrar do nariz respondeu, com gravidade:

— *Se você num acredita, deixa. Mas esse corvo que deste porrada vai-lhe trazer desgraça.*

Má lembrança do Zuzé Paraza. O indiano recomeçou a pancadaria. Duas porradas foram dadas, três falharam. O pintor diminuía resistência. O álcool no seu sangue atrapalhava-lhe os desvios. Até que um soco derruba Zuzé. Desamparado, cai em cima do corvo. No meio da poeira Zuzé Paraza retira o pássaro morto debaixo de si. Ergue o corvo mágico e aponta-o para o indiano.

— *Mataste o pássaro, Sulemane! Estás lixado. Vais ver que o que te vai acontecer! Hás de gatinhar como um porco!*

Então, deu-se o incrível. Sulemane começa as tremuras, grunhidos, roncos, babas e espuma. Cai sobre os joelhos, rasteja, revolve-se nas areias. O povo aterrado foge: a maldição do Zuzé ficara verdade. Sulemane, convulso, parece uma galinha a quem se cortou a cabeça. Por fim, para, cansado dos demónios que o sacudiram. Zuzé sabe que a seguir ele vai sentir sede. Aproveita e ordena:

— *Vais ficar com sede, seu porco-espinho! Vais chorar por água!*

Provas do poder de Zuzé estavam ali: o Sulemane joelhado suplicando água, chorando para que matassem a sede que o matava.

A notícia, como um relâmpago, correu a povoação. Afinal, esse Zuzé! Era mesmo, o gajo. Dono de bruxezas, realmente. No dia seguinte, todos levantaram cedo. Correram à casa de Zuzé Paraza. Todos queriam ver o pintor, todos queriam-lhe pedir favor, encomendar felicidades.

Quando chegaram, encontraram a casa vazia. Zuzé Paraza tinha partido. Procuram no horizonte vestígios do adivinho. Mas os olhares morreram nos capins do longe onde os grilos se calam. Revistaram a casa abandonada. O velho tinha levado todas as coisas. Ficara uma gaiola pendurada no teto. Baloiçava, viúva, hóspede do silêncio. Com o medo crescendo dentro, os visitantes saíram para as traseiras. Foi então que, no pátio, viram o sinal da maldição: um pássaro morto, desenterrado. Sobre a vida quieta soprava uma brisa que, aos poucos, arrancava e lançava no ar as penas magras do corvo falador.

Aceitando o aviso, os habitantes começaram a abandonar a povoação. Saíram em grupos uns, sozinhos outros, e por muitos dias vaguearam errantes como as penas que o vento desmanchava na distância.

O dia em que explodiu
Mabata-bata

De repente, o boi explodiu. Rebentou sem um múúú. No capim em volta choveram pedaços e fatias, grão e folhas de boi. A carne eram já borboletas vermelhas. Os ossos eram moedas espalhadas. Os chifres ficaram num qualquer ramo, balouçando a imitar a vida, no invisível do vento. O espanto não cabia em Azarias, o pequeno pastor. Ainda há um instante ele admirava o grande boi malhado, chamado de Mabata-bata. O bicho pastava mais vagaroso que a preguiça. Era o maior da manada, régulo da chifraria, e estava destinado como prenda de lobolo do tio Raul, dono da criação. Azarias trabalhava para ele desde que ficara órfão. Despegava antes da luz para que os bois comessem o cacimbo das primeiras horas.

Olhou a desgraça: o boi poeirado, eco de silêncio, sombra de nada.

"*Deve ser foi um relâmpago*", pensou.

Mas relâmpago não podia. O céu estava liso, azul

sem mancha. De onde saíra o raio? Ou foi a terra que relampejou?

Interrogou o horizonte, por cima das árvores. Talvez o ndlati, a ave do relâmpago, ainda rodasse os céus. Apontou os olhos na montanha em frente. A morada do ndlati era ali, onde se juntam os todos rios para nascerem da mesma vontade da água. O ndlati vive nas suas quatro cores escondidas e só se destapa quando as nuvens rugem na rouquidão do céu. É então que o ndlati sobe aos céus, enlouquecido. Nas alturas se veste de chamas, e lança o seu voo incendiado sobre os seres da terra. Às vezes atira-se no chão, buracando-o. Fica na cova e aí deita a sua urina.

Uma vez foi preciso chamar as ciências do velho feiticeiro para escavar aquele ninho e retirar os ácidos depósitos. Talvez o Mabata-bata pisara uma réstia maligna do ndlati. Mas quem podia acreditar? O tio, não. Havia de querer ver o boi falecido, ao menos ser apresentado uma prova do desastre. Já conhecia bois relampejados: ficavam corpos queimados, cinzas arrumadas a lembrar o corpo. O fogo mastiga, não engole de uma só vez, conforme sucedeu-se.

Reparou em volta: os outros bois, assustados, espalharam-se pelo mato. O medo escorregou dos olhos do pequeno pastor.

— *Não apareças sem um boi, Azarias. Só digo: é melhor nem apareceres.*

A ameaça do tio soprava-lhe os ouvidos. Aquela angústia comia-lhe o ar todo. Que podia fazer? Os pensamentos corriam-lhe como sombras mas não encontravam saída. Havia uma só solução: era fugir, tentar os caminhos onde não sabia mais nada. Fugir é morrer de um lugar e ele, com os seus calções rotos, um saco velho a tiracolo, que saudade deixava? Maus-tratos, atrás dos bois. Os filhos dos outros tinham direito da escola. Ele não, não era filho. O serviço arrancava-o cedo da cama e devolvia-o ao sono quando dentro dele já não havia resto de infância. Brincar era só com os animais: nadar o rio na boleia do rabo do Mabata-bata, apostar nas brigas dos mais fortes. Em casa, o tio adivinhava-lhe o futuro:

— *Este, da maneira que vive misturado com a criação há de casar com uma vaca.*

E todos se riam, sem quererem saber da sua alma pequenina, dos seus sonhos maltratados. Por isso, olhou sem pena para o campo que ia deixar. Calculou o dentro do seu saco: uma fisga, frutos do djambalau, um canivete enferrujado. Tão pouco não pode deixar saudade. Partiu na direção do rio. Sentia que não fugia: estava apenas a começar o seu caminho. Quando chegou ao rio, atravessou a fronteira da água. Na outra margem parou à espera nem sabia de quê.

Ao fim da tarde a avó Carolina esperava Raul à porta de casa. Quando chegou ela disparou aflição:

— *Essas horas e o Azarias ainda não chegou com os bois.*

— *O quê? Esse malandro vai apanhar muito bem, quando chegar.*

— *Não é que aconteceu uma coisa, Raul? Tenho medo, esses bandidos...*

— *Aconteceu brincadeiras dele, mais nada.*

Sentaram na esteira e jantaram. Falaram das coisas do lobolo, preparação do casamento. De repente, alguém bateu à porta. Raul levantou-se interrogando os olhos da avó Carolina. Abriu a porta: eram os soldados, três.

— *Boa noite, precisam alguma coisa?*

— *Boa noite. Vimos comunicar o acontecimento: rebentou uma mina esta tarde. Foi um boi que pisou. Agora, esse boi pertencia daqui.*

Outro soldado acrescentou:

— *Queremos saber onde está o pastor dele.*

— *O pastor estamos à espera* — respondeu Raul. E vociferou: — *Malditos bandos!*

— *Quando chegar queremos falar com ele, saber como foi sucedido. É bom ninguém sair na parte da montanha. Os bandidos andaram espalhar minas nesse lado.*

Despediram. Raul ficou, rodando à volta das suas perguntas. Esse sacana do Azarias onde foi? E os outros bois andariam espalhados por aí?

— *Avó: eu não posso ficar assim. Tenho que ir ver onde está esse malandro. Deve ser talvez deixou a manada fugentar-se. É preciso juntar os bois enquanto é cedo.*

— *Não podes, Raul. Olha os soldados o que disseram. É perigoso.*

Mas ele desouviu e meteu-se pela noite. Mato tem subúrbio? Tem: é onde o Azarias conduzia os animais. Raul, rasgando-se nas micaias, aceitou a ciência do miúdo. Ninguém competia com ele na sabedoria da terra. Calculou que o pequeno pastor escolhera refugiar-se no vale.

Chegou ao rio e subiu às grandes pedras. A voz superior, ordenou:

— *Azarias, volta. Azarias!*

Só o rio respondia, desenterrando a sua voz corredeira. Nada em toda à volta. Mas ele adivinhava a presença oculta do sobrinho.

— *Apareça lá, não tenhas medo. Não vou-te bater, juro.*

Jurava mentiras. Não ia bater: ia matar-lhe de porrada, quando acabasse de juntar os bois. No enquanto escolheu sentar, estátua de escuro. Os olhos, habituados à penumbra, desembarcaram na outra margem. De repente, escutou passos no mato. Ficou alerta.

— *Azarias?*

Não era. Chegou-lhe a voz de Carolina.

— *Sou eu, Raul.*

Maldita velha, que vinha ali fazer? Trapalhar só. Ainda pisava na mina, rebentava-se e, pior, estoirava com ele também.

— *Volta em casa, avó!*

— *O Azarias vai negar de ouvir quando chamares. A mim, há de ouvir.*

E aplicou sua confiança, chamando o pastor. Por trás das sombras, uma silhueta deu aparecimento.

— *És tu, Azarias. Volta comigo, vamos para casa.*

— *Não quero, vou fugir.*

O Raul foi descendo, gatinhoso, pronto para saltar e agarrar as goelas do sobrinho.

— *Vais fugir para onde, meu filho?*

— *Não tenho onde, avó.*

— *Esse gajo vai voltar nem que eu lhe chamboqueie até partir-se dos bocados* — precipitou-se a voz rasteira de Raul.

— *Cala-te, Raul. Na tua vida nem sabes da miséria.* — E voltando-se para o pastor: — *Anda, meu filho, só vens comigo. Não tens culpa do boi que morreu. Anda ajudar o teu tio juntar animais.*

— *Não é preciso. Os bois estão aqui, perto comigo.*

Raul ergueu-se, desconfiado. O coração batucava-lhe o peito.

— *Como é? Os bois estão aí?*

— *Sim, estão.*

Enroscou-se o silêncio. O tio não estava certo da verdade do Azarias.

— *Sobrinho: fizeste mesmo? Juntaste os bois?*

A avó sorria pensando no fim das brigas daqueles os dois. Prometeu um prémio e pediu ao miúdo que escolhesse.

— *O teu tio está muito satisfeito. Escolhe. Há de respeitar o teu pedido.*

Raul achou melhor concordar com tudo, naquele momento. Depois, emendaria as ilusões do rapaz e voltariam as obrigações do serviço das pastagens.

— *Fala lá o seu pedido.*

— *Tio: próximo ano posso ir na escola?*

Já adivinhava. Nem pensar. Autorizar a escola era ficar sem guia para os bois. Mas o momento pedia fingimento e ele falou de costas para o pensamento:

— *Vais, vais.*

— *É verdade, tio?*

— *Quantas bocas tenho, afinal?*

— *Posso continuar ajudar nos bois. A escola só frequentamos da parte de tarde.*

— *Está certo. Mas tudo isso falamos depois. Anda lá daqui.*

O pequeno pastor saiu da sombra e correu o areal onde o rio dava passagem. De súbito, deflagrou um clarão, parecia o meio-dia da noite.

O pequeno pastor engoliu aquele todo vermelho, era o grito do fogo estourando. Nas migalhas da noite viu descer o ndlati, a ave do relâmpago. Quis gritar:

— *Vens pousar quem, ndlati?*

Mas nada não falou. Não era o rio que afundava suas palavras: era um fruto vazando de ouvidos, dores e cores. Em volta tudo fechava, mesmo o rio suicidava sua água, o mundo embrulhava o chão nos fumos brancos.

— *Vens pousar a avó, coitada, tão boa? Ou preferes no tio, afinal das contas, arrependido e prometente como o pai verdadeiro que morreu-me?*

E antes que a ave do fogo se decidisse Azarias correu e abraçou-a na viagem da sua chama.

Os pássaros de Deus

Desculpa: mais peregrino que o rio não conheço. As ondas vão, vão nessa ida sem fim. Há quanto tempo a água tem esse serviço? Sozinho sobre a velha canoa, Ernesto Timba media a sua vida. Aos doze anos começara a escola de tirar peixe da água. Sempre no comboio da corrente, a sua sombra havia mostrado, durante trinta anos, a lei do homem sobre o rio. E tudo era para quê? A seca esgotara a terra, as sementeiras não cumpriam promessa. Quando regressava da pescaria, não tinha defesa para os olhos da mulher e dos filhos que se espetavam nele. Pareciam olhos de cachorro, custava admitir, mas a verdade é que a fome iguala os homens aos animais.

Enquanto pensava as suas dores, Timba fez a canoa escorrer devagarinho. Por baixo da mafurreira da margem, ali onde o rio estreitava, parou o barco para enxotar o pensamento triste. Deixou o remo a trincar a água e a canoa agarrou-se à imobilidade. Mas o pensamento insistia:

— *Vivi o quê? Água, água, só mais nada.*

A canoa, entre um e outro baloiçar, multiplicava-lhe a angústia.

— *Vão-me tirar um dia, engolido no rio.*

Ele antevia a mulher e os filhos a verem-no sair puxado do lodo, e era como se arrancassem as raízes da água.

Por cima, a mafurreira guardava o recado agreste do sol. Mas Timba não escutava a árvore, os olhos espreitavam-lhe a alma. E pareciam cegos, que a dor é poeira que nos vai vazando a luz. Mais alto, a manhã chamou e ele sentiu o cheiro do azul intenso.

— *Quem me dera ser do céu* — suspirou.

E sentia a fadiga de trinta anos a pesar-lhe na vida. Lembrou as palavras de seu pai, feitas para lhe ensinar coragem:

— *Está ver o caçador, maneira que ele faz? Prepara a zagaia momento que ele vê a gazela. Enquanto não, o pescador não pode ver o peixe dentro do rio. O pescador credita uma coisa que não vê.*

Aquela era a lição do há de vir da vida e ele, agora, lembrava as sábias palavras. Fazia-se tarde e a fome avisou-o da hora de voltar. Começou a mover o barco enquanto deitava os últimos olhares para lá, atrás das nuvens. Foi então que um pássaro enorme passou no céu, parecia um rei satisfeito com a sua própria grandeza.

O bicho, no alto, segurou-lhe os olhos e uma inquietação estranha nasceu dentro de si. Pensou:

"*Se aquele pássaro caísse agora meu concho!*"

Pronunciou alto aquelas palavras. Mal se calou, o pássaro sacudiu as enormes asas e, bruscamente, desvoou, desvoou, em direção à canoa. Tombou, parecia despedido da vida. Timba recolheu aquele destroço e, segurando-o nas mãos, viu que o sangue ainda não desabotoara aquele corpo. No barco, o animal foi recuperando. Até que direitou e subiu à proa a olhar a sua sobrevivência. Timba pegou nele, pesou-lhe a carne para lhe adivinhar o caril. Afastou a ideia e, com um empurrão, ajudou a ave a retomar o voo.

— *Suca pássaro, vai donde vieste!*

Mas o pássaro deu meia-volta e regressou ao barco. O pescador voltou a enxotá-lo. Outra vez, o mesmo regresso. Ernesto Timba começou a sustar.

— *Maldito pássaro, volta na tua vida.*

Nada, o pássaro não se mexia. Foi então que o pescador suspeitou: aquilo não era um pássaro, era um sinal de Deus. Esse aviso do céu havia de matar, para sempre, o seu sossego.

Acompanhado pelo animal voltou para a aldeia. Chegou a casa, a mulher festejou:

— *Vamos armoçar o pássaro!*

Num alvoroço chamou as crianças:

— *Meninos, andam ver chinhanhane.*

Sem responder, Timba poisou a ave sobre a esteira e foi às traseiras da casa buscar tábuas, arame e caniço. Começou logo ali a construir uma gaiola de grandes dimensões, mesmo um homem em pé cabia dentro. Meteu nela o animal e deitou-lhe o peixe que pescara.

A mulher dimirava: o homem estava maluco. O tempo foi passando e os cuidados de Timba eram todos para o pássaro.

A mulher perguntava, apontando o pássaro:

— *A fome da maneira que está pertar, você não quer-lhe matar?*

Timba levantava o braço, categórico. Nunca!

Quem tocasse no pássaro seria punido por Deus, seria descontado na vida.

E assim foram passando os dias, o pescador aguardando novos sinais dos desígnios divinos. Vezes sem conta, ficava na tarde molhada enquanto o rio se sentava à sua frente. O sol abaixava e ele fazia a última visita de controlo à gaiola onde o animal engordava. Pouco a pouco, foi notando uma sombra de tristeza pousada no pássaro sagrado. Percebeu que o bicho sofria por estar só. Uma noite pediu a Deus que enviasse uma companheira para a ave solitária. No dia seguinte, a gaiola tinha um novo habitante, uma fêmea. Silenciosamente, Timba agradeceu aos céus pela nova dádiva. Ao mesmo tempo, uma preocupação lhe foi nascendo: por que razão Deus lhe confiara a guarda daqueles animais? De que mensagem seriam portadores?

Pensou, pensou. Esse sinal, esse relâmpago de plumas brancas, só podia significar que a disposição do céu estava para mudar. Se os homens aceitassem despender a sua bondade para com os mensageiros celestes, então, a seca terminaria e o tempo da chuva ia começar. Coubera-lhe a ele, pobre pescador do rio, ser hospedeiro dos enviados de Deus. Competia-lhe mostrar que os homens podem ainda ser bons. Sim, que a verdadeira bondade não se mede em tempo de fartura mas quando a fome dança no corpo dos homens.

A mulher, regressada da machamba, interrompeu-lhe o pensamento:

— *Afinal? São dois agora?*

Ela chegou-se mais perto, sentou-se na mesma esteira e fixando longamente o seu companheiro, falou:

— *Ó marido: a panela está no fogo. Estou pedir licença no pescoço de um, de um só.*

Foi estrago de tempo. Timba prometeu severo castigo a quem maltratasse os pássaros divinos.

Com o tempo, o casal teve crias. Eram três, feios e desajeitados, sempre de goela aberta: um apetite de vazar o rio. Timba trabalhava pelos pais dos passarinhos. A comida de casa, já tão escassa, era desviada para alimentar a capoeira.

Na aldeia, espalhou-se a suspeita: Ernesto Timba estava era maluco. A própria mulher, depois de muito ameaçar, abandonou o lar, levando com ela todos os filhos. Timba pareceu nem notar a ausência da família. Preocupou-se, isso sim, em reforçar a segurança do galinheiro. Sentia em redor o espírito da inveja, a congeminação da vingança. Que culpa tinha ele de ter sido escolhido? Diziam que enlouquecera. Mas quem é escolhido por Deus perde sempre os seus caminhos.

E uma tarde, acabando o serviço do rio, uma suspeita queimou-lhe a mente: os pássaros! Pôs-se de regresso, rapidando. Já próximo, viu uma nuvem de fumo subindo nas árvores que cercavam a sua casa. Encostou a canoa sem sequer a amarrar e desatou a correr em direção à tragédia. Quando chegou já só restavam destroços e cinzas. A madeira e o arame tinham sido mastigados pelo lume. Por entre as tábuas escapava uma asa que o fogo não tocara. O pássaro deve ter-se arremessado contra a parede das chamas e a asa fugira, era uma seta terrível a apontar desgraça. Não baloiçava, como é mania das coisas mortas. Estava firme, cheia de certeza.

Timba recuou aterrado. Gritou pela mulher, pelos filhos e depois, descobrindo que não havia por quem mais gritar, chorou lágrimas de raiva, tantas que lhe magoaram os olhos.

Porquê? Porquê magoaram os pássaros, tão bonitos que eram? E, ali, entre cinza e fumo, explicou-se a Deus:

— *Vais zangar, eu sei. Vais castigar os teus filhos. Mas olha: estou pedir desculpa. Faz morrer a mim sozinho, eu. Deixa os outros no sofrimento que já estão sofrer. Mesmo podes esquecer a chuva, podes deixar a poeira encostada no chão, mas faz favor, não castigues os homens desta terra.*

No dia seguinte, encontraram Ernesto, abraçado à corrente do rio, arrefecido pelo cacimbo da madrugada. Quando o tentaram erguer, verificaram que estava pesado e que era impossível separá-lo da água. Juntaram-se os homens mais fortes mas foi esforço vão. O corpo estava colado à superfície do rio. Um receio estranho espalhou-se entre os presentes. Para iludir o medo, alguém disse:

— *Vão avisar a mulher. Digam aos outros que morreu o louco da aldeia.*

E retiraram-se. Quando subiam a margem, as nuvens estalaram, parecia que o céu tossia, severo e doente. Noutro qualquer momento, teria festejado o anunciar da chuva. Agora não. Pela primeira vez, se uniram as crenças suplicando que não chovesse.

Plácido, o rio foi ficando longe, a rir-se da ignorância dos homens. E num embalo terno foi levando Ernesto Timba, corrente abaixo, a mostrar-lhe os caminhos que ele apenas tinha aflorado em sonhos.

De como se vazou a vida de Ascolino do Perpétuo Socorro

Vivenda da Santíssima Palha era o nome na tabuleta, à margem da estrada. Um atalho de areia levava à quinta, lugar esquecido do suor e das canseiras. No centro, meio coberta pelas mangueiras, a casa colonial media-se com o tempo. Ali, na sombra das tardes, se varandeava Ascolino Fernandes do Perpétuo Socorro. Herdeiro da propriedade, ruminava lembranças sem pressa nem obrigações. Recordava Goa, sua terra natal. Caneco se negava:

— *Indo-português sou, católico de fé e costume.*

Vestia sempre de rigor, fato de linho branco, sapatos de igual branco, chapéu de idem cor. Cerimonioso, emendado, Ascolino costurava no discurso os rendilhados lusitanos da sua admiração. Enfeitava os ditos com advérbios sem propósito nem cabimento. Uma imensa lista dava entrada nas frases, mal faladas de sotaque:

— *Não obstante, porém, todavia, contudo...*

Na Munhava estabelecera seus domínios, mais sonhados que plantados. A glória do goês ele a via, enquanto nas demoradas tardes separava as brisas das moscas.

Às visitas distribuía vénias, longos silêncios e mangas verdes com sal. Dona Epifânia, esposa, era quem servia. Tão magra que nem se sentia chegar. As portas de rede batiam: assim se sabia de sua presença. Gesto de amor entre os dois nunca foi visto. Amavam-se? Se sim, amavam sem corpo. Ascolino sofria do eterno retiro de sua esposa. Consolava-se mas desconvencido. Epifânia, dizia ele, é uma amêijoa. Se for aberta morre, exposta ao mundo e às marés. Quando os outros lhe notavam as ausências da mulher, Ascolino confirmava:

— *Epifane, sagrada esposa. Contudo, porém, trinte anos di casamento.*

Hora respeitada, mais sagrada que a esposa, era das cinco da tarde. Houvesse ou não visitas repetia-se o ritual. Vasco João Joãoquinho, fiel e dedicado empregado, surgia da sombra das mangueiras. Fardava caqui, balalaica e calção engomado. Aproximava-se trazendo uma bicicleta. Ascolino Fernandes, protocolar, inclinava-se perante ausentes e presentes. O empregado entregava-lhe uma pequena almofada que ele ajeitava no quadro da bicicleta. Acomodava-se, com cuidado de não manchar as calças na corrente. Ultimados os preparos, Vasco João Joãoquinho montava no selim e, com um puxão vigoroso, dava início ao desfile. Arrancada difícil, ondeada nas areias. E os dois, Ascolino e o seu bicicletista, seguiam de adeuses em diante, rumo à cantina do Meneses. Os modos de um e de outro estavam certos, só o veículo não encostava ao estatuto. Seguiam, obedecidos à vontade viciosa de Ascolino, pedalando contra a sede e a distância.

Naquela tarde se repetia a paisagem com os homens dentro. Vasco escolhia os capins para segurar as rodas no caminho. De súbito, a bicicleta resvala e os dois, patrão e criado, caem na valeta. Ascolino fica imóvel, deitado na lama. Vasco arruma os desperdícios, endireita o volante, alisa o chapéu do patrão. A custo, Ascolino se recompõe. Avalia os estragos e dispõe-se a ralhar:

— *Qui tém, homem? Essetragô sapéu de nosso. Não obstante, quem qui vai pagar?*

— *Desculpa, patrão. Foi desviar bacecola. Devido desse matope que passámos.*

— *Vucê não viu, pá? Já disse toda hora: não faça travage deripente.*

E montaram mais outra vez. Ascolino Perpétuo Socorro, dignidade reposta, chapéu amolgado. Vasco pedalando pelo pôr do sol. Em cima, os coqueiros vão barulhando brisas.

— *Vê se descarril outra vez velocípede, hein, Vasco?*

Caracolando nas areias, o criado puxava a forças pelas pernas. Mas longos são os minutos da sede do goês:

— *Celere, Vasco. Pedal com mais força!*

Chegam ao Viriato, a cantina do Meneses. A bicicleta para junto ao pátio de cimento. O patrão desmonta, aliviado das poeiras. Puxa a corrente do relógio enquanto se dirige para a mesa reservada. O Vasco não entra nas dianteiras. Preto vai nas traseiras, é a norma tempo. No quintal, atrás, serve-se vinho aguado. No bar, à frente, são outras qualidades.

Vasco João Joãoquinho ia entrando nos seus vagares. Os outros saudavam-lhe a chegada e pediam-lhe histórias acontecidas com patrão Ascolino. Vasco sempre contava, inventador graças. Mas demorava--se nos começos enquanto preparava os condimentos da aventura.

— *Então, Vasco? E essa noite o seu patrão?*

Vasco olhou as palavras, anterriu com a história.

— *O meu patrão, nem vocês não acreditam...*

— *Conta lá, pá.*

E relatou o que passara na noite anterior, incrível. Ascolino Fernandes, ao meio da meia-noite, iniciara as cantorias, o fado das andorinhas. Vasco Joãoquinho imitava, de copo na mão:

— *Por morrer uma andorinha...*

Ascolino cantou a noite toda. As andorinhas iam morrendo e a fúria dele ia crescendo. Até que, pela janela, começou a anunciar as ameaças:

— *Agora, vou deitar a ventoinha.*

E seguiu ventoinha, do primeiro andar para baixo. Rebentou-se no chão, as peças tin-tin-tin no pátio. Depois, outro aviso:

— *Agora, são pratos.*

E voaram louças para o quintal. Vidros devolveram mil luas no pátio da vivenda. O Ascolino cada vez mais alto:

— *Por morrer uma andorinha...*

Epifânia nem se ouvia. Talvez estivesse fechada no quarto. Ou talvez chorasse daquela maneira dela. Tristeza mais triste é aquela que não se ouve.

— *Estou a falar sério, meus amigos, porque entendo da tristeza. Na nossa raça choramos com o corpo. Eles não, ficam presos da desgraça.*

— *Ouve lá, ó Vasco, deixa lá essa conversa. Continua história do teu patrão.*

Mobílias viajavam pela janela até em baixo. Vasco se aproximou e pediu:

— *Patrão, faça favor, para com isso.*

— *Sai daí, Vassco.*

— *Ó patrão, não faça mais isso, não estraga toda* casa.

— *Casa di quem, é sua?*

— *Mas, patrão, já viu sucata toda que está aqui em* baixo?

— *Afaste, depressa. Agora, vou deitar frigorife.*

Aterrado, Vasco saiu do pátio. Um passo curto, outro comprido para não pisar os vidros, o criado escondeu-se na sombra. Ali, ajudado pelo escuro, esperou o estrondo. Nada. Geleira não descia.

— *Patrão?*

— *Qué qui quer? Todavia, ainda me chateia?*

E de novo fadista. Cantava aos berros, toda a Munhava se espalhando de andorinhas. Interrompia as artes para insultar, virado para dentro, para Epifânia:

— *Não me dás carinhos. É só oração, di manhã até di noite. Isto não é casa de mortal. Vivenda não é! É igreja. Catedral de Santíssima Palha. Mas porém, já lhe digo o que vou fazer: atirar fora mobília di reza, cruz e altar qui tem. Tudo fora, fora!*

Depois, foi a vez do silêncio. Vasco Joãoquinho perguntava-se: intervalo ou fim do espetáculo? Parecia o final quando se ouviu o ruído de uma cadeira arrastando junto à janela. Foi então que surgiu, inteiro dos joelhos até à cabeça, o vulto do goês. As suas mãos finas corrigiram os desalinhos enquanto, solene, anunciava:

— *Mobília tudo já foi. Agora vou eu.*

E antes que Vasco pudesse dizer alguma coisa,

Ascolino Fernandes do Perpétuo Socorro atirou-se da janela abaixo. Magreza do Ascolino não ajudou a velocidade. Não parecia um corpo mas uma cortina. Quando caiu não arrancou barulho da terra. Foi só um suspiro, uma nuvenzita de poeira. Vasco, espantado, acorreu a ajudar. Procurou sangue, remendos do corpo. Não havia.

— *Patrão, não estragou nada?*

— *Quê nada? Me ajude sair de chão.*

Levantou o patrão. Já no alto de si mesmo, Ascolino olhou os estragos em volta. Depois, foi-se pelo escuro cantarolando, baixinho, o seu fado. Todos, nas traseiras do Bar Viriato, se riram com a história. Desta vez, porém, Vasco Joãoquinho arrumou o silêncio num rosto triste.

— *Eh pá, Vasco, você sempre traz boas histórias, tantíssimas.*

— *Não inventei, tudo isso aconteceu. Mas não riam-se tão alto, pode ser ele escuta lá do outro lado.*

Mas do outro lado não se ouvia. Ascolino estava de serviço no uísque. Separado por uma única parede, o outro lado era muito longe.

Na mesa reservada, Ascolino demora seus modos, relembra Goa, Damão e Diu, repuxa advérbios. Não obstante, porém.

— *Sai mais dose dele, rebise o visqui.*

O Meneses parece nem ver o Ascolino. Aponta as bebidas encomendadas enquanto o céu desalumia. O tempo vai escorrendo, copo a copo. Ascolino bebe com a certeza de um vice-rei das Índias. Ascolino superior a Ascolino, o indo-português vencendo, pelo álcool, o caneco. Só uma inquietação permanecia sem ter sido afogada no uísque: Epifânia. Nessa altura, a esposa já devia revirar o sono entre injúrias e cansaços. Ascolino espreita a hora, não quer transnoitar no caminho. Adivinhando-lhe os receios, um português diz:

— *Não se apresse, Fernandes. Não se apresse que a sua patroa diz-lhe a bonita.*

Ascolino nega prazos, mostra-se homem, ousado a demoras. Se no viver era calcado, no falar se levantava.

— *Epifane, tudo já sabe. Caril, chácuti, sarapatel, boa comida qui tem, tudo ela já cozinhou para chegada di nosso. Epifane, sagrada esposa.*

Numa outra mesa, soldados espreitam ocasião. Resolvem, então, lançar provocação:

— *Goa, lá se foi. Sacanas de monhés, raça maldita!*

Mas o Ascolino, para espanto, não regista ofensa. Antes se junta aos ofensores.

— *Monhés, sacana sim senhor. Aliás, porém, indo--português qui sou, combatente dos inimigos di Pátria lusitane.*

Os soldados entreolham-se, desconfiados. Mas o Ascolino leva mais alto a afirmação da lusitanidade. Subindo à cadeira, oscilante, discursa heroísmos sonhados. Uma cruzada, sim, uma cruzada para recuperar o nome de Goa para uso português. À frente, comandando os pelotões, ele, Ascolino Fernandes do Perpétuo Socorro. Atrás, soldados e missionários, navios carregados de armas, bíblias e umas garrafitas de visqui.

— *O tipo está a gozar com a malta* — conclui um dos soldados, o maior. Levanta-se e aproxima-se de Ascolino, farejando-lhe os humores:

— *Cruzadas, quais cruzadas? A única coisa que você tem cruzadas são as pernas, essas perninhas de caneco.*

Não foi por mal, talvez do desequilíbrio, mas o copo do Ascolino respingou na farda do outro. Um murro cruza o ar, rasga as palavras do orador e Ascolino despeja-se no chão. Os outros agarram o agressor, afastam-no, põem-no fora da cantina. Ascolino continua deitado de costas, vice-morto, um braço erguido a segurar no copo. O Meneses acode-lhe:

— *Senhor Ascolino, está bem?*

— *Essetatelou.*

— *Mas, como é que foi que isto aconteceu?*

— *Abruptamente.*

Endireitam o goês. Ele arruma os vincos, investiga os restos no copo. Olha em volta a multidão e proclama o adiamento da cruzada.

No pátio da cantina o goês prepara a retirada:

— *Vassco, vamusembor!*

Enquanto espera o chofer, procura a corrente do relógio, cumpre o hábito. Mas, desta vez, a corrente está, o relógio é que não. Ascolino vê as horas no relógio que já não tem e comenta o tardio regresso.

— *Depresse, Vassco.*

E ajeita a almofada no quadro, antes de sentar. A almofada está no lugar, Ascolino é que falhou. Cai, insiste e, de novo, regressa ao chão.

— *Vassco, cende luz. Apague essa escuridão.*

O empregado encosta o dínamo ao pneu e anima uma pedalada forte. Ascolino está de gatas, à procura do próprio corpo.

— *Sapéu pissgou?*

Vasco Joãoquinho também está de passo torcido. Apanha o chapéu e, depois, sobe na bicicleta. Lá se aprontam os dois, desajudando-se. Na janela, Meneses goza o espetáculo:

— *O caneco já vai de todo. Aviado de uísque e de murraças.*

Vasco afasta pedaços do escuro, estorvos no regresso. Vai campainhando, trim-trim-trim. Já não se escutam os corvos, nem se veem as garças. A noite igualou as cores, apagou as diferenças. No caminho, o goês piora dos fermentos escoceses e abandona o porte.

— *Sou caneco de cu lavado. Primeir catégoria, si fassfavor.* — E gritando com toda a alma: — *Viva Nehru!*

Mais adiante, já quando acabam os arrozais e começam os coqueiros, Ascolino troca o empregado pela mulher, chama-lhe Epifânia.

— *Mulher não ande atrás, passe à frente.*

Vasco, obediente, dá-lhe o lugar no selim. O goês excitado agarra o criado pela cintura.

— *Patrão, vamos embora disto.*

Mas Ascolino insiste, açucaroso. Tenta beijar o empregado que se esquiva com vigor. Insistência aumenta, respeito diminui. O Vasco já que empurra o patrão:

— *Deixa-me, não sou tua mulher.*

E um safanão maior derruba Ascolino. Silêncio nos coqueirais. Só os corvos, curiosos, vigiam a briga. O goês está espalhado no chão. Pede um pouco de luz para ver se aquele molhado nas calças é água do charco ou que se mijou. Vasco ri-se. Ascolino, pendente, rodopia, nariz quase a raspar o chão. Chegado à vertical, interroga o capim em volta:

— *Vassco, roubaram vivenda de Santíssima Palha!*

— *Não, patrão! É que não chegámos, ainda falta.*

Capaz de mais concluir, Ascolino retorna:

— *Vassco, perdemos vivenda. Não obstante, você vai lá e procura ela.*

O empregado impacienta-se e puxa-o pelas axilas. E assim rebocado, Ascolino vê o avesso do caminho, a estrada caranguejando. Confundindo ida com vinda, solicita:

— *Vassco, não ande pra trás. Estamos voltar na cantina de Méneses.*

E adiantando-se à chegada, encomenda:

— *Méneses, sai visqui para mim e outra dose para Epifane, sagrade bebida.*

E voltando a cabeça para trás, generoso:

— *Quando vucê quer pode pedir, Vassco. Desconte depois, no salário de mês. Pode beber neste lado, não precisa ir nas traseiras.*

Esgotado de andar às arrecuas, Vasco larga-o. Sentindo-se na horizontal, o goês reza e despede-se:

— *Boa noite, Epifane, sagrade esposa.*

Mas Vasco já não está. Voltou atrás para buscar a bicicleta. Ascolino ergue a custo a cabeça e, vendo o empregado carregado, aplaude:

— *Isso, traz cobertor, me tape. Epifane, tape ela também.*

Vasco, em desespero, tenta o aviso final:

— *Eu não sei, patrão. Se não chegarmos essa noite, se dormirmos aqui, vai ser grande milando com a senhora.*

Ascolino concorda. A ameaça parece ter resultado. Sustentado pelos cotovelos, o patrão encara o criado:

— *Qui têm Epifane? Agora, voce dorme de calção de caqui?*

E, abreviando o tempo, adormeceu. De tal maneira entrou no seu peso que Vasco desconseguiu deslocá-lo.

No dia seguinte, cobria-os um lençol de insetos, folhas e cacimbo. Vasco foi o primeiro a chegar ao mundo. Estranhou o ruído de um motor nas vizinhanças. Olhou em volta, resistindo ao peso das pálpebras. É então que vê, próxima, a vivenda da Santíssima Palha. Afinal, tinham dormido ali a um instante de casa?

No pátio da entrada estão as mobílias todas amontoadas. Há homens carregando tudo para cima de um camião. Era esse, então, o motor. Dona Epifânia, ordenosa, vai orientando o carregamento.

O empregado hesita. Olha o patrão ainda entregue ao sono. Decide-se, por fim. Filho das areias, Vasco Joãoquinho segue para a vivenda. Chegado, viu a intenção da patroa. Ela queria sair, fechar sua vida com Ascolino, sem anúncio nem explicação.

— *Senhora, não vai embora.*

A patroa surpreende-se. Refaz-se do susto e prossegue o despejo.

— *Senhora, o atraso foi devido de porrada que deram no patrão, lá na cantina.*

Palavras do empregado disseram nada. A patroa continuou a distribuir ordens. Mas Vasco Joãoquinho não desiste:

— *Senhora, não foi só isso da porrada. Trasámos por causa de acidente na estrada.*

— *Acidente?*

Epifânia, duvidosa, medita. Pede prova da verdade. Vasco mostra o chapéu retorcido. Ela olha as manchas, morde os lábios. Segurou a palavra, antes da pergunta:

— *Morreu?*

— *Morrer? Não, senhora. Só está deitado no caminho.*

— *Machucou?*

— *Nada. Só está dormitoso. Posso-lhe ir buscar?*

Palavras arrependidas. Logo ouvidas, Epifânia refaz a decisão de partir e as mobílias recomeçam o embarque.

Vasco recuou o pé no caminho. Vagaroso, regressa ao lugar onde deixara o sono do patrão. Quando chegou, já Ascolino espreguiçava. Incapaz de traduzir a claridade, esfrega-se nos olhos sem entender o ruído do camião que se aproxima. Sentado, resume-se ao corpo dolorido. A buzina do camião assusta-o. De um salto, arruma-se na valeta. O carregamento passa, lento, quase oposto à viagem. Ali, frente aos olhos desinstruídos de Ascolino, se vazava sua vida, sem notícia nem reparo. Passada a poeira, Vasco está de um lado da estrada, funeroso. Do outro lado, Ascolino vai subindo a valeta. Durante o tempo da visão, segue o camião que se afasta. Depois, sacudindo as rugas do casaco, pergunta:

— *Qui tem Vasco? Vizinhos estão mudar na Munhava?*

— *Não são vizinhos, patrão. É a senhora, dona Epifânia própria, que se vai embora.*

— *Epifane?*

— *Sim. E está a levar todas coisas.*

Ascolino ficou todo na admiração do impossível. Só repetia:

— *Epifane?*

Ficou rodando, chutando capins, desarrumando a paisagem. O empregado nem levantava os olhos do chão. Até que Ascolino, decidido:

— *Traz bacecola, Vassco. Vamos perseguir esse camião. Depresse.*

— *Mas, patrão, se o camião já vai na distância.*

— *Cala, vucê não sabe nada. Carrega velocípede, rápido.*

E o empregado prepara os assentos. No quadro, sem almofada, se senta o patrão. No selim, o criado. E começam a bicicletar, estrada fora. O sulco da roda vai-se desfiando na manhã. Já nem sequer o ruído do camião se sente nos arrozais em volta. Ascolino, vice-rei, comanda impossível cruzada para resgatar a esposa perdida.

— *Pedal, pedal depresse. Não obstante, temos que chegar cedo. Hora de cinco hora temos que voltar na cantina de Meneses.*

Afinal, Carlota Gentina não chegou de voar?

1. Senhor doutor, lhe começo

Eu somos tristes. Não me engano, digo bem. Ou talvez: nós sou triste? Porque dentro de mim, não sou sozinho. Sou muitos. E esses todos disputam minha única vida. Vamos tendo nossas mortes. Mas parto foi só um. Aí, o problema. Por isso, quando conto a minha história me misturo, mulato não das raças, mas de existências.

A minha mulher matei, dizem. Na vida real, matei uma que não existia. Era um pássaro. Soltei-lhe quando vi que ela não tinha voz, morria sem queixar. Que bicho saiu dela, mudo, através do intervalo do corpo?

O senhor, doutor das leis, me pediu de escrever a minha história. Aos poucos, um pedaço cada dia. Isto que eu vou contar o senhor vai usar no tribunal para me defender. Enquanto nem me conhece. O meu sofrimento lhe interessa, doutor? Não me importa a mim, nem tão pouco. Estou aqui a falar, isto-isto, mas já não quero nada, não quero sair nem ficar. Seis anos que estou aqui preso chegaram para desaprender a minha vida. Agora, doutor, quero só ser moribundo. Morrer é muito de mais, viver é pouco. Fico nas metades. Moribundo. Está-me a rir de mim?

Explico: os moribundos tudo são permitidos. Ninguém goza-lhes. O respeito dos mortos eles antecipam, pré-falecidos. O moribundo insulta--nos? Perdoamos, com certeza. Cagam nos lençóis, cospem no prato? Limpamos, sem mais nada. Arranja lá uma maneira, senhor doutor. Desarasca lá uma maneira de eu ficar moribundo, submorto.

Afinal, estou aqui na prisão porque me destinei prisioneiro. Nada, não foi ninguém que queixou. Farto de mim, me denunciei. Entreguei-me eu mesmo. Devido, talvez, o cansaço tempo que não vinha. Posso esperar, nunca consigo nada. O futuro quando chega não me encontra. Onde estou, afinal eu? O lugar da minha vida não é esse tempo?

Deixo os pensamentos, vou direto na história. Começo no meu cunhado Bartolomeu. Aquela noite que ele me veio procurar, foi onde iniciaram desgraças.

2. Asas no chão, brasas no céu

A luz emagrecia. Restava só um copo de céu. Em casa do meu cunhado Bartolomeu preparava--se o fim do dia. Ele espreitou a palhota: a mulher, mexedora, agitava as últimas sombras do xipefo. A mulher deitava mas Bartolomeu estava inquieto. O adormecimento demorou de vir. Lá fora um mocho piava desgraças. A mulher não ouviu o pássaro que avisa a morte, já dormia entregue ao corpo. Bartolomeu falou-se:

— *Vou fazer o chá: talvez é bom para eu garrar maneira de dormir.*

O lume estava ainda a arder. Tirou um pau de lenha e soprou nele. Sacudiu dos olhos as migalhas do fogo. Na atrapalhação deixou a lenha acesa cair nas costas da mulher. O grito que ela deu, nunca ninguém ouviu. Não era som de gente, era grito de animal. Voz de hiena, com certeza. Bartolomeu saltou no susto: estou casado com quem, afinal? Uma nóii? Essas mulheres que à noite transformam em animais e circulam no serviço da feitiçaria?

A mulher, na frente da aflição dele, rastejava a sua dor queimada. Como um animal. Raio da minha vida, pensou Bartolomeu. E fugiu de casa. Atravessou a aldeia, rápido, para me contar. Chegou a minha casa, os cães agitaram.

Entrou sem bater, sem licenças. Contou-me o sucedido assim como agora estou a escrever. Desconfiei, no início. Bêbado, talvez o Bartolomeu trocou as lembranças. Cheirei o hálito da sua queixa. Não arejava bebida. Era verdade, então. Bartolomeu repetia a história duas, três, quatro vezes. Eu ouvia aquilo e pensava: e se a minha mulher também é uma igual? Se é uma nóii, também?

Depois de Bartolomeu sair, a ideia me prendia os pensamentos. E se eu, sem saber, vivia com uma mulher-animal? Se lhe amei, então troquei a minha boca com um focinho. Como aceitar desculpas da troca? Lugar de animal é na esteira, algum dia? Bichos vivem e revivem nos currais, para lá dos arames. Se essa mulher, fidaputa, me enganou, fui eu que animalei. Só havia uma maneira de provar se Carlota Gentina, minha mulher, era ou não uma nóii. Era surpreender-lhe com um sofrimento, uma dor funda. Olhei em volta e vi a panela com água a ferver. Levantei e reguei o corpo dela com fervuras. Esperei o grito mas não veio. Não veio, mesmo. Ficou assim, muda, chorando sem soltar barulho. Era um silêncio enroscado, ali na esteira. Todo o dia seguinte, não mexeu. Carlota, a coitada, era só um nome deitado. Nome sem pessoa: só um sono demorado no corpo. Sacudi-lhe nos ombros:

— *Carlota, porquê não mexes? Se sofres, porquê não gritas?*

Mas a morte é uma guerra de enganos. As vitórias são só derrotas adiadas. A vida enquanto tem vontade vai construindo a pessoa. Era isso que Carlota precisava: a mentira de uma vontade. Brinquei de criança para fazer-lhe rir. Saltei como gafanhoto em volta da esteira. Choquei com as latas, entornei o barulho sobre mim. Nada. Os olhos dela estavam amarrados na distância, olhando o lado cego do escuro. Só eu me ria, embrulhado nas panelas. Me levantei, sufocado no riso e saí para estourar gargalhadas loucas lá fora. Gargalhei até cansar. Depois, aos poucos, fiquei vencido por tristezas, remorsos antigos.

Voltei para dentro e pensei que ela havia de gostar ver o dia, elasticar as pernas. Trouxe-lhe para fora. Era tão leve que o sangue dela devia ser só poeira vermelha. Sentei Carlota virada para o poente. Deixei o fresco tapar o seu corpo. Ali, sentada no quintal, morreu Carlota Gentina, minha mulher. Não notei logo aquela sua morte. Só vi pela lágrima dela que parara nos olhos. Essa lágrima era já água da morte.

Fiquei a olhar a mulher estendida no corpo dela. Olhei os pés, rasgados como o chão da terra. Tanto andaram nos carreiros que ficaram irmãos da areia. Os pés dos mortos são grandes, crescem depois do falecimento. Enquanto media a morte de Carlota eu me duvidava: que doença era aquela sem inchaço nem gemidos? Água quente pode parar assim a idade de uma pessoa? Conclusão que tirei dos pensamentos: Carlota Gentina era um pássaro, desses que perdem voz nos contraventos.

3. Sonhos da alma
acordaram-me do corpo

Sonhei-lhe. Ela estava no quintal, trabalhando no pilão. Pilava sabe o quê? Água. Pilava água. Não, não era milho, nem mapira, nem o quê. Água, grãos do céu. Aproximei. Ela cantava uma canção triste, parecia que estava a adormecer a si própria. Perguntei a razão daquele trabalho.

— *Estou a pilar.*

— *Esses são grãos?*

— *São tuas lágrimas, marido.*

Foi então: vi que ali, naquele pilão, estava a origem do meu sofrimento. Pedi que parasse mas a minha voz deixou de se ouvir. Ficou cega a minha garganta. Só aquele tunc-tunc-tunc do pilão sempre batendo, batendo, batendo. Aos poucos, fui vendo que o barulho me vinha do peito, era o coração me castigando. Invento? Inventar, qualquer pode. Mas eu daqui da cela só vejo as paredes da vida. Posso sentir um sonho, perfume passante. Agarrar não posso. Agora, já troquei minha vida por sonhos. Não foi só esta noite que sonhei com ela. A noite antepassada, doutor, até chorei. Foi porque assisti minha morte. Olhei no corredor e vi sangue, um rio dele. Era sangue órfão. Sem o pai que era o meu braço cortado. Sangue detido como o dono. Condenado. Não lembro como cortei. Tenho memória escura, por causa dessas tantas noites que bebi. E sabe, nesse tal sonho, quem salvou o meu sangue espalhado? Foi ela. Apanhou o sangue com as suas mãos antigas. Limpou aquele sangue, tirou a poeira, carinhosa. Juntou os pedaços e ensinou--lhes o caminho para regressar ao meu corpo. Depois ela me chamou com esse nome que eu tenho e que já esqueci, porque ninguém me chama. Sou um número, em mim uso algarismos não letras.

O senhor me pediu para confessar verdades. Está certo, matei-lhe. Foi crime? Talvez, se dizem. Mas eu adoeço nessa suspeita. Sou um viúvo, não desses que enterra as lembranças. Esses têm socorro do esquecimento. A morte não afasta-me essa Carlota. Agora, já sei: os mortos nascem todos no mesmo dia. Só os vivos têm datas separadas. Carlota voou? Daquela vez que lhe entornei água foi na mulher ou no pássaro? Quem pode saber? O senhor pode?

Uma coisa eu tenho máxima certeza: ela ficou, restante, por fora do caixão. Os que choravam no enterro estavam cegos. Eu ria. É verdade, ria. Porque dentro do caixão que choravam não havia nada. Ela fugira, salva nas asas. Me viram rir assim, não zangaram. Perdoaram-me. Pensaram que eram essas gargalhadas que não são contrárias da tristeza. Talvez eram soluços enganados, suor do sofrimento. E rezavam. Eu não, não podia. Afinal, não era uma morta falecida que estava ali. Muito-muito era um silêncio na forma de bicho.

4. Vou aprender a ser árvore

De escrever me cansei das letras. Vou ultimar aqui. Já não preciso defesa, doutor. Não quero. Afinal das contas, sou culpado. Quero ser punido, não tenho outra vontade. Não por crime mas por meu engano. Explicarei no final qual é esse engano. Há seis anos me entreguei, prendi-me sozinho. Agora, próprio eu me condeno.

De tudo estou agradecido, senhor doutor. Levei seu tempo, só de graça. O senhor me há de chamar de burro. Já sei, aceito. Mas, peço desculpa, se faz favor: o senhor, sabe o que da minha pessoa? Não sou como outros: penso o que aguento, não o que preciso. O que desconsigo não é de mim. Falha de Deus, não minha. Porquê Deus não nos criou já feitos? Completos, como foi nascido um bicho a quem só falta o crescimento. Se Deus nos fez vivos por que não deixou sermos donos da nossa vida?

Assim, mesmo brancos somos pretos. Digo-lhe, com respeito. Preto o senhor também. Defeito da raça dos homens, esta nossa de todos. Nossa voz, cega e rota, já não manda. Ordens só damos nos fracos: mulheres e crianças. Mesmo esses começam a demorar nas obediências. O poder de um pequeno é fazer os outros mais pequenos, pisar os outros como ele próprio é pisado pelos maiores. Rastejar é o serviço das almas. Costumadas ao chão como é que podem acreditar no céu? Descompletos somos, enterrados terminamos. Vale a pena ser planta, senhor doutor. Mesmo vou aprender a ser árvore. Ou talvez pequena erva porque árvore aqui dentro não dá. Porquê os baloii não tentam de ser plantas, verde-sossegadas? Assim, eu não precisava matar Carlota. Só lhe desplantava, sem crime, sem culpa.

Só tenho medo de uma coisa: de frio. Toda a vida sofri do frio. Tenho paludismo não é no corpo, é na alma. O calor pode apertar: sempre tenho tremuras. O Bartolomeu, meu cunhado, costumava dizer: "fora de casa sempre faz frio". Está certo. Mas eu, doutor, que casa eu tive? Nenhuma. Terra nua, sem aqui nem onde. Num lugar assim, sem chegada nem viagem, é preciso aprender espertezas. Não dessas que avançam na escola. Esperteza redonda, esperteza sem trabalho certo nem contrato com ninguém.

Nesta carta última o senhor me vê assim, desistido. Porquê estou assim? Porque o Bartolomeu me visitou hoje e me contou tudo como se passou. No enfim, compreendi o meu engano. Bartolomeu me concluiu: afinal a sua mulher minha cunhada, não era uma nóii. Isso ele confirmou umas tantas noites. Espreitava de vigia para saber se a mulher dele tinha ou não outra ocupação noturna. Nada, não tinha. Nem gatinhava, nem passarinhava. Assim, Bartolomeu provou o estado de pessoa da sua esposa.

Então, pensei. Se a irmã da minha mulher não era nóii, a minha mulher também não era. O feitiço é mal de irmãs, doença das nascenças. Mas eu como podia adivinhar sozinho? Não podia, doutor.

Sou filho do meu mundo. Quero ser julgado por outras leis, devidas da minha tradição. O meu erro não foi matar Carlota. Foi entregar a minha vida a este seu mundo que não encosta com o meu. Lá, no meu lugar, me conhecem. Lá podem decidir das minhas bondades. Aqui, ninguém. Como posso ser defendido se não arranjo entendimento dos outros? Desculpa, senhor doutor: justiça só pode ser feita onde eu pertenço. Só eles sabem que, afinal, eu não conhecia que Carlota Gentina não tinha asas para voar.

Agora já é tarde. Só reparo o tempo quando já passou. Sou um cego que vê muitas portas. Abro aquela que está mais perto. Não escolho, tropeço a mão no fecho. Minha vida não é um caminho. É uma pedra fechada à espera de ser areia. Vou entrando nos grãos do chão, devagarinho. Quando me quiserem enterrar já eu serei terra. Já que não tive vantagem na vida, esse será o privilégio da minha morte.

Saíde, o Lata de Água

Tarde de madeira e zinco. Com telhados pendurados, a cacimba a raspar-lhes. Molhadas, as pálpebras da tarde parecem soltar morcegos.

No bairro de caniço a paisagem é beijada só pela morte. Saíde regressa a casa, tropeçando pragas. É rasteirado pela cerveja, toda a tarde entornada no seu desespero.

— *Amigos? Caraças, são os primeiros a lixarem um gajo!*

Estoiram risos nos umbrais das portas.

— *Riam, cabrões.*

Remexe os bolsos. Cigarros: nada. Fósforos: nada. As mãos impacientes interrogam o vestuário. Apetecia-lhe o fumo, precisava da força de um cigarro, da segurança dos gestos já feitos.

— *Olha o Lata de Água. A mulher nem sai da casa, desde que ele meteu-se na bebida.*

Não era verdade. As mulheres sempre recebem o prémio de se ter pena delas. Sacanas dos vizinhos.

Só estão perto quando querem espreitar desgraças.
No resto ninguém lhes conhece.

Entrou em casa e fechou a porta. A mão ficou
no trinco, distraída, enquanto ele passeava os olhos
naquele vazio. Lembrou-se dos tempos em que a
encontrou: foram bonitos os dias de Júlia Timane!

Tinha havido muito tempo. Estava sentado numa
paragem à espera de nada, dessa maneira que só os
bêbados esperam. Ela chegou e sentou-se ao lado. A
capulana que trazia sobre ombros parecia pouca para
um frio tão comprido. Começaram de falar.

— *Sou Júlia, natural de Macia.*

— *Não tens marido?*

— *Já tive. Por enquanto não tenho.*

— *Foram quantos os maridos?*

— *Muitos. Tenho os filhos, também.*

— *Onde estão esses filhos?*

— *Não estão comigo. Os pais levaram.*

Ele ofereceu o casaco para a cobrir do frio. Ela
ajudou-o a encontrar o caminho para casa. Mas aca-
bou por ficar aquela noite. E as outras noites também.

Quando souberam que andava com ela, conde-
naram-no. Ela estava muito usada. Devia escolher
uma intacta, para ser estreada com seu corpo. Ele não
quis ouvir. Foi então que passaram a chamá-lo de
Lata de Água. Em toda a parte, alcunha substituiu o
nome. A água aceita a forma de qualquer coisa, não
tem a própria personalidade.

Com o tempo foi-se apercebendo de uma coisa
grave: ela não lhe dava filhos. Isto ninguém podia
saber. Um homem pode ter barba, não-barba. Agora
filhos tem que tirar: é um documento exigido pelos
respeitos.

Um dia disse-lhe:

— *Temos que ter um filho.*

— *Não podemos, você sabe.*

— *Temos que arranjar maneira.*

— *Maneira, como? Se eu não tenho a culpa? O hospital explicou o problema: é você que não tira os filhos.*

— *Não estou a falar de culpa. Já estudei o problema, a solução já descobri: abastece-se lá fora, mulher.*

— *Não estou perceber.*

— *Estou-te dizer: dorme com outro. Eu não vou zangar. Só quero um filho, mais nada.*

À noite ela saiu. Voltou muito tarde. As noites seguintes ela fez o mesmo. Foram muitas noites. Ele perguntou:

— *Uma vez não chega?*

— *Não quer um filho? É bom garantir.*

— *Faça lá maneira que vocês sabem. Mas rápido, não quero falta de respeito.*

Júlia engravidou-se. Ele festejou a notícia. Aquelas primeiras semanas foram muito felizes. Até que uma vez ele acordou-a no meio da noite:

— *Júlia, quero saber: quem é o dono da grávida?*

— *Armando, você jurou que nunca havia de perguntar.*

— *Agora já quero esse nome. Não podes dar parto sem eu saber a verdade do pai de criança.*

Júlia permaneceu calada e arrumou-se outra vez na cama. Ele sacudiu-a com violência.

— *Vais-me dar porrada?* — assustou-se ela.

— *Quando não disseres, vou-te dar.*

— *Não serei eu sozinha a batida. É capaz que vais aleijar o teu filho.*

Ele olhou para si mesmo: estava de joelhos, parecia estar de rezas. Um homem que exige não fica na posição dos que pedem. Levantou-se e foi acender o xipefo. Na sombra falou-lhe, já calmo:

— *Dorme, Júlia, eu não quero ouvir esse nome. Mesmo quando te pedir outra vez: nunca fales essa pessoa.*

Ela sorriu, destapou o lençol e mostrou aquele redondo da lua na barriga.

— *É seu filho, Saíde. É seu.*

A criança nasceu. Ele confirmou, então, a suspeita de um sentimento: o miúdo era um estranho, um remendo na sua honra. Mas um remendo vivo, chorosa testemunha das suas fraquezas. Às vezes gostava-o e ele era seu. Outras, o bebé era um intruso que o vencia.

Na vizinhança ninguém desconfiava da identidade do pai. Mas Saíde estava cada vez mais inseguro: olhava a criança e parecia que ela sabia de tudo. Quis um filho para esconder vergonha. Agora, tinha um filho que ameaçava o segredo da sua vida. Cada vez mais era difícil aquela morada. Ciumava dos cuidados que a mulher dedicava ao pequeno rival. O futuro atrapalhava-o como um caminho escuro. Mais e mais vezes batia na mulher, cada vez mais passeava nas bebidas. Nunca bateu no miúdo. As porradas que lhe queria dar destinava-as na mulher.

Sentiu a força do vento na porta e acordou da lembrança. Sempre que se recordava trabalhavam facas dentro da alma. Estava proibido de ir ao passado. E tudo por causa de Júlia, raio de mulher. Fechou a porta com a decisão da fúria.

— *Sua puta!*
E desatou aos pontapés. Queria feri-la, transferir para ela as dores que sentia. Caíram latas, num barulho enorme. Ele não esmoreceu: debruçado sobre a cama insultava-a, cuspia-lhe, ameaçava-a da morte derradeira. Os vizinhos, ele já sabia, não viriam acudir. E, aquela noite, a raiva era de mais. Havia de lhe bater até sangrar. Puxou do cinto e usou-o com tanta vontade que o balanço o fez cair sobre a mesa. Pratos e copos caíram, rasgando outra vez o silêncio da noite.

De repente, sentiu um barulho na porta. Quando olhou esse alguém já tinha entrado. Era Severino, o chefe do quarteirão.

— *Que queres, Severino?*

— *Calma, Saíde. Para que tudo isso?*

Ele respirava como se alimentasse muitas almas.

— *Senta-te, Saíde.*

Ele obedeceu. Nos suspiros cicatrizava o fogo da alma.

— *Por que é que você sempre faz isto? Já viu bater assim numa mulher?*

Ele não respondeu. Tentava baixar aquela quentura dentro do peito. Ficou assim uns minutos, até que respondeu:

— *Eu não estou a bater em ninguém.*

Severino não percebeu. Deve ser está grosso, vai começar uma conversa de muitas coisas. Saíde insistiu.

— *Não há ninguém nesta casa. Só sou eu sozinho.*

Severino olhou em volta, desconfiado. Não havia, realmente, ninguém.

— *Pode ver em todo o lado. A Júlia não está, há*

muito tempo que foi-se embora. Eu não estou a bater contra ninguém.

— *Desculpa, Saíde. Pensei...*

E como não encontrasse palavras decidiu-se a sair. Andava de costas como se a surpresa fosse uma cobra ameaçando saltar-lhe.

— *Severino?*

— *Sim, estou a ouvir.*

— *Eu faço isto não sei porquê. É para vocês pensarem que ela ainda está. Ninguém pode saber que fui abandonado. Sempre que bato não é ninguém que está por baixo desse barulho. Vocês todos pensam que ela não sai porque sofre da vergonha dos vizinhos. Enquanto não...*

Severino tinha pressa de sair. Saíde estava com os braços desmaiados, caídos ao lado do corpo. Parecia que a carne se mudara em madeira e que a desgraça havia esculpido nela. Severino saiu, fechando a porta com o cuidado que se guarda para o sono das crianças.

Lá fora uma multidão aguardava das notícias. O chefe do quarteirão, com um gesto vago, espalhou a sua voz:

— *Já podem ir. A mamã Júlia está bem. Ela está pedir que voltem para vossas casas, dormirem descansados.*

Alguém protestou:

— *Mas Severino... Afinal, como é?*

O chefe do quarteirão, com sorriso atrapalhado:

— *Eh pá, você já sabe como são essas nossas mulheres.*

As baleias de Quissico

Só ficava sentado. Mais nada. Assim mesmo, sentadíssimo. O tempo não zangava com ele. Deixava-o. Bento João Mussavele.

Mas não dava pena. A gente passava e via que ele, lá dentro, não estava parado. Quando o inquiriam, respondia sempre igual:

— *Estou frescar um bocadinho.*

Já devia estar muito fresco quando, um dia, decidiu levantar-se.

— *Já vou-me embora.*

Os amigos pensaram que ele regressava à terra. Que decidira finalmente trabalhar e se aplicara a abrir uma machamba. Começaram os adeuses.

Alguns arriscaram contrariar:

— *Mas onde vai? Na sua terra está cheio com os bandidos.*

Mas ele não ouvia. Tinha escolhido a sua ideia, era um segredo. Confessou-o ao seu tio.

— *Você sabe, tio, agora a fome é de mais lá em Inhambane. As pessoas estão a morrer todos os dias.*

E abanava a cabeça, parecia condoído. Mas não era sentimento: apenas respeito pelos mortos.

— *Contaram-me uma coisa. Essa coisa mudar a minha vida.* — Fez uma pausa, endireitou-se na cadeira: — *Você sabe o que é uma baleia... sei lá como...*

— *Baleia?*

— *É isso mesmo.*

— *Mas a propósito de que vem a baleia?*

— *Porque apareceu no Quissico. É verdade.*

— *Mas não há baleias, nunca eu vi. E mesmo que aparecesse como é que as pessoas sabem o nome do animal?*

— *As pessoas não conhecem o nome. Foi um jornalista que disse essa coisa de baleia, não-baleia. Só sabemos que é um peixe grande, cujo esse peixe vem pousar na praia. Vem da parte da noite. Abre a boca e, chii, se você visse lá dentro... está cheio das coisas. Olha, parece armazém mas não desses de agora, armazém de antigamente. Cheio. Juro, é a sério.*

Depois, deu os detalhes: as pessoas chegavam perto e pediam. Cada qual, conforme. Cadaqualmente. Era só pedir. Assim mesmo sem requisição nem guia de marcha. O bicho abria boca e saía amendoim, carne, azeite de oliveira. Bacalhau, também.

— *Você já viu? Um gajo ali com uma carrinha? Carrega as coisas, enche, traz aqui na cidade. Volta outra vez. Já viu dinheiro que sai?*

O tio riu-se com vontade. Aquilo parecia uma brincadeira.

— *Tudo isso é fantasia. Não há nenhuma baleia. Sabe como nasceu estória?*

Não respondeu. Era já conversa gasta, no educado fingimento de ouvir; o tio prosseguiu:

— *É a gente de lá que está com fome. Muita fome.*

*Depois inventam esses aparecimentos, parecem chi-
cuembo. Mas são miragens...*
— Baleias — corrigiu Bento.
Não se demoveu. Não era aquela dúvida que o
faria desistir. Havia de pedir, arranjar maneira de
juntar o dinheiro. E começou.
Ruava o dia inteiro, para trás e para diante. Falou
com a tia Justina que tem banca no bazar com o
outro, o Marito, que tem negócio de carrinha. Des-
confiaram, todos eles. Ele que fosse lá primeiro, a
Quissico, e arranjasse provas da existência da baleia.
Que trouxesse alguns produtos, de preferência gar-
rafas daquela água de Lisboa que, depois, eles o
haviam de ajudar.
Até que um dia decidiu arrumar-se melhor.
Perguntaria aos sábios do bairro, àquele branco, o
sr. Almeida, e ao outro, preto, que dava pelo nome
de Agostinho. Começou por consultar o preto. Falou
rápido, a questão que se colocava.
— *Em primeiro lugar* — disse o professor Agostinho —, *a baleia não é o que à primeira vista parece.
Engana muito a baleia.*
Sentiu um nó na garganta, a esperança a des-
moronar.
— *Já me disseram, sr. Agostinho. Mas acredito na
baleia, tenho que acreditar.*
— *Não é isso, meu caro. Quero dizer que a baleia
parece aquilo que não é. Parece peixe mas não é. É um
mamífero. Como eu e como você, somos mamíferos.*
— *Afinal? Somos como a baleia?*
O professor falou durante meia hora. Aplicou
duro no português. O Bento com os olhos arregala-
dos, ávido naquela quase tradução. Mas a explicação

zoológica foi detalhada, a conversa não satisfez os propósitos de Bento.

Tentou em casa do branco. Atravessou as avenidas cobertas de acácias. Nos passeios as crianças brincavam com os estames das flores das acácias. Olha para isto, todos misturados, filhos de brancos e de pretos. Se fosse era no tempo de antigamente...

Quando bateu à porta de rede da residência do Almeida um empregado doméstico espreitou, desconfiado. Venceu com um esgar a intensidade da luz exterior e, quando deu conta da cor da pele do visitante decidiu manter a porta fechada.

— *Estou pedir falar com sr. Almeida. Ele já me conhece.*

A conversa foi breve, Almeida não respondeu nem sim nem não. Disse que o mundo andava maluco, que o eixo da Terra estava cada vez mais inclinado e que os polos se estavam a chatear. Ou a achatar, não percebeu bem.

Mas aquele discurso vago incutiu-lhe esperanças. Era quase uma confirmação. Quando saiu, Bento estava eufórico. Já via baleias estendidas a perder de vista, a jiboiarem nas praias de Quissico. Centenas, todas carregadinhas e ele a passar-lhes revista com uma carrinha *station*, MLJ.

Com o escasso dinheiro que acumulara comprou passagem e partiu. Pela estrada a guerra via-se. Os destroços dos machimbombos queimados juntavam-se ao sofrimento das machambas castigadas pela seca.

—*Agora só o sol é que chove?*

O fumo do machimbombo em que viajava entrava para a cabina, os passageiros a reclamarem mas ele, Bento Mussavele, tinha os olhos bem longe, vigiando já a costa do Quissico. Quando chegou, tudo aquilo lhe parecia familiar. A enseada aguava-se pelas lagoas de Massava e Maiene. Era lindo aquele azul a dissolver-se nos olhos. Ao fundo, depois das lagoas, outra vez a terra, uma faixa castanha estacando a fúria do mar. A teimosia das ondas foi criando fendas naquela muralha, cingindo-a em ilhas altas, pareciam montanhas que emergiam do azul para respirar. A baleia devia apresentar-se por ali, misturada com aquele cinza do céu ao morrer do dia.

Desceu a ravina com a pequena sacola a tiracolo até chegar às casas abandonadas da praia. Em tempos, aquelas casas tinham servido para fins turísticos. Nem os portugueses chegavam ali. Eram só os sul-africanos. Agora, tudo estava deserto e apenas ele, Bento Mussavele, governava aquela paisagem irreal. Arrumou-se numa casa velha, instalando--se entre restos de mobília e fantasmas recentes. Ali ficou sem dar conta do ir e vir da vida. Quando a maré se levantava, fosse qual hora fosse, Bento descia à rebentação e ficava vigiando as trevas. Chupando um velho cachimbo apagado, cismava:

— *Há de vir. Eu sei, há de vir.*

Semanas depois, os amigos foram visitá-lo. Arriscaram caminho, nos Oliveiras, cada curva na estrada era um susto a emboscar o coração. Chegaram à casa, depois de descerem a ladeira. Bento lá estava, sonecando entre pratos de alumínio e caixas de madeira. Havia um velho colchão desfazendo-se sobre uma esteira. Estremunhado, Bento saudou os amigos sem dar grandes confianças. Confessou que já ganhara afeto à casa. Depois da baleia, havia de meter móveis, desses que se encostam nas paredes. Mas os planos maiores estavam nas alcatifas. Tudo o que fosse chão ou que com isso se parecesse seria alcatifado. Mesmo as imediações da casa, também, porque a areia é uma chatice, anda junto com os pés. Especial era um tapete que se estendia pelo areal, a ligar a casa ao lugar onde desaguaria a dita cuja.

Finalmente, um dos amigos abriu o jogo.

— *Sabe, Bento: lá em Maputo estão espalhar que você é um reacionário. Está aqui, como que está, só por causa dessa coisa de armas não-armas.*

— *Armas?*

— *Sim* — ajudou outro visitante. — *Você sabe que a África do Sul está bastecer os bandos. Recebem armas que vêm pelo caminho do mar. É por isso que estão falar muita coisa sobre de você.*

Ele ficou nervoso. Eh, pá, já não guento sentar. Conforme quem recebe as armas não sei, repetia. Estou a espera da baleia, só mais nada.

Discutiu-se. O Bento sempre na vanguarda. Sabia-se lá se o raio da baleia não vinha dos países socialistas? Até mesmo o professor Agostinho, que todos conhecem, disse que só faltava ver porcos a voar.

— *Espera lá, você. Agora já começa uma estória de porcos quando ainda ninguém viu a porcaria da baleia.*

Entre os visitantes havia um que pertencia às estruturas e que dizia que tinha uma explicação. Que a baleia e os porcos...

— *Espera, os porcos não têm nada a ver...*

— *Certo, deixe lá os porcos, mas a baleia essa é uma invenção dos imperialistas para que povo fique parado, à espera que a comida chegue sempre de fora.*

— *Mas os imperialistas andam inventar baleia?*

— *Inventaram, sim. Esse boato...*

— *Mas quem deu olhos às pessoas que viram? Foram os imperialistas?*

— *Está bem, Bento, você fica, nós já vamos embora.*

E os amigos foram, convictos que ali havia feitiçaria. Alguém dera um remédio para que Bento se perdesse na areia daquela espera idiota.

Uma noite, o mar barulhando numa zanga sem fim, Bento acordou em sobressalto. Estava a tremer, parecia atacado de paludismo. Apalpou-se nas pernas: escaldavam. Mas havia um sinal no vento, uma adivinha no escuro que o obrigava a sair. Seria promessa, seria desgraça? Chegou-se à porta. A areia perdera o seu lugar, parecia um chicote enraivecido. De súbito, por baixo dos remoinhos de areia, ele viu o tapete, o tal tapete que ele estendera no seu sonho. Se isso fosse verdade, se ali estivesse o tapete, então a baleia tinha chegado. Tentou acertar os olhos como que a disparar a emoção mas as tonturas derrubavam-lhe a visão, as mãos pediam apoio ao umbral da porta. Meteu pelo areal, completamente nu, pequeno como uma gaivota de asas quebradas. Não ouvia a sua própria voz, não sabia se era ele que gritava. Ela veio, ela veio. A voz estalava dentro de sua cabeça. Estava já a entrar na água, sentia-a fria, a queimar os nervos tensos. Havia mais adiante uma mancha escura, que ia e que vinha como um coração trôpego de babalaze. Só podia ser ela, assim fugidia.

Mal descarregasse as primeiras mercadorias ele mandava-se logo a um pedaço de comida porque a fome há muito que lhe disputava o corpo. Só depois arrumaria o resto, aproveitando os caixotes velhos da casa.

Ia pensando no trabalho que faltava enquanto caminhava, a água agora envolvendo-o pela cintura. Estava leve, talvez a angústia lhe tivesse esvaziado a alma. Uma segunda voz foi-lhe aparecendo, a morder-lhe os últimos sentidos. Não há nenhuma baleia, estas águas vão-te sepultar, castigar-te do sonho que acalentaste. Mas, morrer assim de graça? Não, o animal estava ali, ouvia-lhe a respiração, aquele rumor profundo já não era a tempestade, era a baleia chamando por ele. Sentiu que já sentia pouco, era quase só aquele arrefecimento da água a tocar-lhe o peito. Qual invenção, qual quê? Eu não disse que era preciso ter fé, mais fé do que dúvida?

Habitante único da tempestade, Bento João Mussavele foi seguindo mar adiante, sonho adiante.

Quando a tempestade passou, as águas azuis da lagoa deitaram-se, outra vez, naquele sossego secular. As areias retomaram o seu lugar. Numa casa velha e abandonada restavam as roupas desalinhadas de Bento João Mussavele, guardando ainda a sua última febre. Ao lado havia uma sacola contendo as réstias de um sonho. Houve quem dissesse que aquela roupa e aquela sacola eram prova da presença de um inimigo, responsável pela receção do armamento. E que as armas seriam transportadas por submarinos que, nas estórias que passavam de boca em boca, tinham sido convertidos nas baleias de Quissico.

De como o velho Jossias foi salvo das águas

I. Lembrança do tempo
de antigamente

A terra estava a conversar com agosto e o velho Jossias, parado, escutava. Os meses estão todos no ventre uns dos outros, pensava ele. E adivinhava a chegada dos dias, suas roupas e cores. Sabia da chegada da chuva, pressentia as suas gotas timbilando a areia.

— *A água vai andar ler o chão. Vai lamber as feridas da terra, parece um cão vadio* — dizia o velho.

E voltava ao silêncio, os olhos no alto a medir as nuvens, por precaução.

— *Parece é só metade da chuva. Há de caber bem na terra.*

Enquanto profetizava, amoleciam-lhe os olhos de promessas, uma procissão de verde a tomar-lhe conta dos sonhos.

— *O milho vai-me tratar por senhor.*

E era já gente grande, sorrindo do gozo antecipado da fartura. Assaltou-o a recordação da grande fome de há vinte anos. Foi-se rendendo ao sono, agora que o pensamento se deitara na sombra daquela lembrança.

Recordava-se bem: as cerimónias para pedir chuva sucediam-se em casa do régulo. As rezas eram palavras sem mais além: nem uma gota se convencera a descer. Durante mais três anos os velhos insistiram, conversando com os mortos que mandam na vontade da chuva.

Naquela manhã, logo cedo mataram o boi. As mulheres prepararam a aguardente do milho, o ngovo. No cemitério os velhos pediam aos defuntos a licença da chuva. Depois das rezas, dariam de beber aos mortos deitando aguardente sobre as campas.

— *Sou eu que vou levar as panelas do ngovo* — ofereceu-se Jossias.

Deram-lhe a vaidade daquela entrega. Com respeito, ele partiu pela areia quente dos trilhos. No caminho, parou com pena do cansaço dos braços. Pesavam as panelas. O calor e a sede sopravam-lhe maus conselhos, barulhando convites.

Bebeu, fechando os olhos à voz da aguardente. Repetiu mais três vezes. Certeiro, o álcool começou a cacimbar a razão. As panelas sorriam-lhe, mornas e gordas. Parecem a Armanda quando dança a provocação que ela sabe, murmurava.

— *Vocês? Vocês estão-me sacudir o sangue!*

Falava devagarmente, enrolando as palavras sem que a cabeça entrasse naquele pensamento. A voz de Armanda avisava-o do castigo, endireitando-lhe o juízo que faltava. E ele, outra vez para as panelas:

— *Meninas, vocês estão desgraçar minha vida. Provocar-me da maneira como assim? É melhor marrar mais outra vez as capulanas. Vou acabar o serviço que fui mandado.*

Quis-se levantar mas era um peso. Bebeu mas era só metade: o outro tanto entornava-se pelo peito. Quando reparou, a aguardente tinha quase desaparecido. Restava um quase nada lá no fundo dos potes. Entrou em pânico: como explicar aos velhos? Como contar à aldeia que o ngovo se desviara do seu destino? Tinha que encontrar maneira de emendar a boca, fechar a desgraça que ela destapara. Passou por um poço abandonado e meteu-se por dentro do escuro. Lá em baixo, havia uma réstia de água estagnada, à espera da sua esperteza. Acrescentada daquela água malcheirosa a bebida do milho voltaria a encher os potes de barro. Os mortos não notariam a diferença, o paladar deles está já esquecido dos saborosos pecados.

Moda os mineiros, pensou enquanto descia pelas paredes do velho poço. Estava suspenso pelas mãos, os pés a procurarem o fundo, quando, de repente, as paredes desabaram. Caíram pareciam o céu inteiro a desfazer-se em areia e pó, o peso do mundo a pisar-lhe no peito. Mãe, vou ficar aqui em baixo de embaixo, ninguém que me vai encontrar, chorava Jossias.

E ali ficou imóvel, soterrado, dormindo no subúrbio da morte, expulso da luz e do ar. Horas de tempo, pensou no nunca mais. A lembrança de Armanda veio socorrê-lo. Agarrou-se à frescura da recordação, aquele rosto era a sua última crença.

E os outros quando viessem procurá-lo? Haviam de o adivinhar subterrâneo, toupeirando a réstia de vida que lhe faltava? Aguentariam descascar a terra até lhe encontrar?

Mas mesmo a esperança dele já não tinha vontade. Ser salvo, para quê? Beber areia, afundar-se num poço, despedir-se do mundo, tudo isso, não era nada comparado com o que vinha a seguir. Todos lhe negariam desculpas. Mesmo Armanda.

Quando saísse ele havia de escolher o longe, viver na distância, envelhecer sem nome nem história.

II. O azul todo das cheias

É o quê? Deus já desistiu dos homens? Não se importa da desgraça da terra?

A chuva está a chover até os poços começaram cuspir. Mesmo os sapos e as cobras já não têm casa. E o velho pergunta:

— *Por que não descansas sofrimento? Depois de depois voltas mais outra vez...*

Mas o destino da morte é ser sempre muita. E chove mais, vão-se molhando as tardes de novembro, o pilão e a esteira a pingarem juntos no pátio.

O velho está sentado na sombra dos gemidos, só os seus suspiros sonham. O resto é resignação que conspira. Pode-se assim tanto morrer?

Mas ele aprendera a espalhar na sua alma o remédio do há de vir. E consolava-se:

— *A farinha há de me visitar, eu sei.*

Lentamente, as chuvas iam pousando em todo o lado. Os rios agarravam-se com força ao céu e já nenhum xicuembo sabia desamarrar aquela água. Talvez que o sol, do quente que lhe sobrava, levasse com ele todo aquele azul. Mas não, o sol escorregava pelo zinco, sem beber quase nada. Passava com a cerimónia de um estranho.

— *A boca que o sol tem já não chega* — lamentava o velho.

III. O salvamento

A água crescia, as coisas e os bichos era só nadarem. Quando tudo em volta era só fumo da água apareceu um barco a motor que trazia dois pretos e um branco. Foi este que falou. As coisas que disse foi no respeito que nunca ouvira. Que palavras eram essas, afinal? Sempre foram asneiras a subirem-lhe no nome, a língua dos portugueses a disparar-lhe na família. Agora, essa língua não tinha maneira de patrão?

— *Deve ser maneira de me levar longe da machamba, afastar-me das minhas coisas.*

Ou parece não. Os homens queriam que ele subisse para o barco, vinham salvá-lo.

O velho coçou a cabeça, arrastando a mão de trás para a frente.

— *Ir onde, se depois da água é só água? Não estão ver que Deus nos quer peixando?*

Os pretos falaram atrás, mesma coisa, as pessoas que não viessem no barco haviam de morrer, era com certeza. O velho num sorriso incrédulo:

— *Isto é salvar-me? Salvar de quê?*

E o velho lembrava-se do desastre nas minas do John, o fogo a espalhar desgraça nas galerias, a devorar vidas e corpos, sim, aquilo era morrer. Quando veio a brigada de salvamento ele sentou-se como uma criança perdida, a chorar. Mas os homens da brigada não pararam para o socorrer, prosseguiram à procura de outras vidas mais valiosas. Um outro mineiro puxou-o pelos braços e gritou-lhe:

— *Queres ser lenha, homem?*

Lenha? A madeira é lenha antes mesmo de arder. Ser lenha, compreendeu, é morrer assim só, sem ninguém para nos chorar. Só o seu número seria riscado na lista dos contratados. Mas o fumo entrou-lhe pela tristeza e os pulmões ordenaram que procurasse outro lugar. Um homem salva-se se é vontade da sua vida. Os outros são só o alimento dessa vontade.

E assim ficou de estar vivo até hoje.

Salvaram Jossias por duas vezes. Salvaram-no da morte, não o salvaram da vida. Para os outros, para os que o tinham ajudado, foram prémios, fotos no jornal. Ninguém falou que ele, Jossias Damião Jossene, continuava igual como antes, encostado à miséria.

— *Salvar um alguém deve ser serviço completo* — concluíra. — *Não é levantar a pessoa e depois abandonar sem querer saber o depois. Não chega ficar vivo. Palavra da minha honra. Viver é mais.*

E assim se decidira Jossias sobre o assunto da morte, não-morte.

Agora, neste caso, mudar para onde? A seguir é só água, o lugar onde saiu esse barco também é água. Mesmo isso já não é barco, é uma ilha com motor. Se é para morrer então prefiro esta morte que veio nadar até a minha casa. Esta terra aqui em baixo já tem as minhas mãos, a minha vida está enterrada neste chão, só falta agora o meu corpo, só.

A equipa de salvamento impacientava-se com a conversa do velho. O gajo o que é que quer?, perguntava o branco. Os outros não traduziam, riam-se apenas. O velho é maluco, vamos carregá-lo à força. Não temos tempo, há outras pessoas para recolher, o velho já perdeu o juízo.

— *Deixem-me ficar, não posso morrer longe da minha vida.*

Puxaram-no pelas axilas, sentaram-no no banco traseiro do barco e cobriram-no com uma manta.

— *Não tens família?*

Era o branco. Família? Talvez vocês, agora, são a minha família, aguentaram esta maçada de salvar-me. Apeteceu-lhe responder mas estava a tremer de mais.

— *Perguntem-lhe na vossa língua, se a família não está por aqui, nas redondezas.*

Perguntaram-lhe. Demorou a responder, queria usar bom português. Agarrou-se com força à velha manta e pôs os olhos naquele mar em volta como se inquirisse pelas coisas que ele cobria.

— *Dentro de água não está frio. Porquê não me deixam lá?*

Os outros riram-se. Colocaram-lhe mais uma manta sobre os ombros e passaram-lhe uma chávena de chá bem quente. Pelos dedos magros, segurando trémulos a chávena de alumínio, subiu-lhe um estranho calor que não sabia traduzir. E veio-lhe a vontade de ficar para sempre quase naquele barco. Desejou que a viagem não tivesse fim como se o salvassem do tempo e não das águas, como se o tivessem liberto não da morte mas da sua terrível e solitária espera.

Com olhos de menino, fixou o escuro engolindo a terra, a tarde anoitecendo tudo.

A mentira da noite é matar o cansaço dos homens, pensou enquanto fechava os olhos.

A história dos aparecidos

É uma verdade: os mortos não devem aparecer, saltar a fronteira do mundo deles. Só vêm desorganizar a nossa tristeza. Já sabemos com certeza: o tal desapareceu. Consolamos as viúvas, as lágrimas já deitámos, completas.

Ao contrário, há desses mortos que morreram e teimam em aparecer. Foi o que aconteceu naquela aldeia que as águas arrancaram da terra. As cheias levaram a aldeia, puxada pelas raízes. Nem ficou a cicatriz do lugar. Salvaram-se os muitos. Desapareceram Luís Fernando e Aníbal Mucavel. Morreram por dentro da água, pescados pelo rio furioso. A morte deles era uma certeza quando uma tarde apareceram mais outra vez.

Os vivos perguntaram muita coisa. Assustados, chamaram os milícias. Compareceu Raimundo que usava a arma como se fosse enxada. Estava a tremer e não encontrou outras palavras:

— *Guia de marcha.*

— *Você está maluco, Raimundo. Baixa lá essa arma.*

O milícia ganhou coragem quando ouviu a voz dos defuntos. Mandou que recuassem.

— *Vão donde que vieram. Não adianta tentarem alguma coisa: serão rechaçados.*

A conversa não se resolvia. Surgiu Estêvão responsável da vigilância. Luís e Aníbal foram autorizados a entrar para se explicarem às autoridades.

— *Vocês já não são contados. Vão morar onde?*

Os aparecidos estavam magoados com a maneira como eram recebidos.

— *Fomos levados no rio, aguámos sem saber onde e agora vocês nos tratam como infiltrados?*

— *Espera, vamos falar com o chefe dos assuntos sociais. Ele é que tem a competência do vosso assunto.*

Aníbal ainda tristeceu mais. Agora somos assunto? Uma pessoa não é um divórcio, um milando. Não é que tinham um problema: era a vida inteira que faltava resolver.

O responsável veio. Estava gordado, a barriga curiosa, espreitando na balalaica. Foram cumprimentados com o respeito devido aos defuntos. O responsável explicou as dificuldades e o peso deles, mortos de regresso imprevisto.

— *Olha: mandaram os donativos. Veio a roupa das calamidades, chapas de zinco, muita coisa. Mas vocês não estão planificados.*

O Aníbal ficou nervoso com as contas de que eram excluídos:

— *Como não estamos? Vocês riscam a pessoa assim qualquer maneira?*

— *Mas vocês morreram, nem sei como que estão aqui.*

— *Morremos como? Não acredita que estamos vivos?*

— *Talvez, estou confuso. Mas este assunto de vivo não-vivo é melhor falarmos com os outros camaradas.*

E foram para a sede. Explicaram a sua história mas desconseguiram de apresentar provas da sua verdade. Um homem arrastado como peixe só procura o ar, não se interessa de mais nada.

O responsável consultado concluiu, rápido:

— *Não interessa se morreram completamente. Se estão vivos ainda é pior. Era melhor ter aproveitado a água para morrerem-se.*

O outro, o da balalaica em luta com os botões, acrescentou:

— *Não podemos consultar as estruturas do distrito, dizer que já apareceram fantasmas. Vão responder que estamos envolvidos com o obscurantismo. Mesmo podemos ser punidos.*

— *É verdade* — confirmava outro. — *Já assistimos um curso da política. Vocês são almas, não são a realidade materialista como eu e todos que estão connosco na nova aldeia.*

O gordo sublinhava:

— *Para abastecer a vocês temos pedir reforço das quotas. Como vamos justificar? Que temos almas para dar comida?*

E assim ficaram sem mais conversa.

Luís e Aníbal saíram da sede, confusos e abatidos. Lá fora, uma multidão curiosa contemplava-os. Os dois aparecidos decidiram procurar Samuel, o professor.

Samuel recebeu-os em casa. Explicou-lhes a razão de eles estarem fora das contas do abastecimento.

— *Os responsáveis daqui não são como das outras aldeias. Fazem candonga com os produtos. São distribuí-*

dos primeiro às famílias deles. Às vezes dizem que não chega enquanto na casa deles está cheio.

— Porquê não denunciam?

Samuel encolheu os ombros. Soprou no fogo para dar força ao lume. Flores vermelhas das chamas espalharam o perfume da luz no pequeno quarto.

— Olha, vou dizer um segredo. Alguém queixou-se às estruturas superiores. Dizem que esta semana há de vir uma comissão saber a verdade das queixas. Vocês devem aproveitar essa comissão para expor o vosso caso.

Samuel ofereceu a casa e a comida, até que chegasse a comissão de inquérito.

Aníbal sentou o pensamento nas traseiras da casa. Longamente contemplou os próprios pés e murmurou baixinho como se falasse com eles:

— Meu Deus, como somos injustos com nosso corpo. De quem nos esquecemos mais? É dos pés, coitados, que rastejam para nos suportar. São eles que carregam tristeza e felicidade. Mas como estão longe dos olhos, deixamos os pés sozinhos, como se não fossem nossos.

"Só por estarmos em cima, calcamos os nossos pés. Assim começa a injustiça neste mundo. Agora, neste caso, os pés sou eu e Luís, desimportados, caídos na poeira do rio."

Luís chegou-se com menos luz que uma sombra e pediu-lhe explicação daquele murmúrio. Aníbal contou-lhe a descoberta dos pés.

— Era melhor se pensasse uma maneira para mostrar essa gente que, afinal das contas, somos alguéns.

— Sabe o quê? Antigamente o mato, tão vazio de gente, me fazia medo. Pensava só podia viver nas pessoas, vizinho de gente. Agora, penso o contrário. Já quero voltar no lugar dos bichos. Tenho saudades de ser ninguém.

— Cala-se, você. Essa conversa já parece dos espíritos.

Calaram-se os dois, receosos da sua condição trémula. Muitas vezes mexiam nas coisas, raspavam no chão como se quisessem confirmar a matéria do seu corpo. Luís perguntou:

— *Será que é verdade? Não será que somos mesmo falecidos? Pode ser eles têm razão. Ou talvez estamos nascer outra vez.*

— *Pode ser, meu irmão. Pode ser tudo isso. Mas o que não está certo é serem acusados, serem esquecidos, riscados, indeferidos.*

Era a voz de Samuel, o professor. Aproximou-se trazendo na mão algumas mangas que distribuiu pelos dois candidatos à existência. Cascaram os frutos, enquanto o professor continuava.

— *Não é justo esquecerem que vocês, vivos ou mortos, fazem parte da nossa aldeia. Afinal, quando foi preciso defender a aldeia dos bandidos, vocês não pegaram as armas?*

— *É verdade. Até eu sofro desta cicatriz da bala do inimigo. Aqui.*

Aníbal erguia-se para apontar a prova do sofrimento, um risco fundo que a morte escrevera nas costas.

— *Todos sabem que vocês merecem ser contados. É medo, só, que lhes faz calar, aceitar mentiras.*

De pé, como que estava, Aníbal espremeu a raiva nos seus punhos. A manga gotejou e o sumo doce-triste caiu.

— *Você, Samuel, sabe as coisas da vida. Não acha que é melhor sairmos, escolhermos outro lugar?*

— *Não, Aníbal. É melhor ficar. Hão de conseguir, tenho a certeza. E depois, um homem que abandona um sítio porque foi derrotado, esse homem já não vive. Não tem mais lugar para começar.*

— *Afinal, Samuel? Você também não acredita que somos vivos?*

— *Cala-te, Luís. Deixa o Samuel nos conselhar.*

— *Esses que vos complicam hão de cair. São eles que não pertencem a nós, não são vocês. Fiquem, meus amigos. Ajudam-nos no nosso problema. Nós também não somos considerados: somos vivos mas é como se tivéssemos menos vida, como se fôssemos metades. Isso não queremos.*

Luís levantou-se e espreitou no escuro. Andou em círculo e regressou ao centro, aproximando-se do professor:

— *Samuel, não tens medo?*

— *Medo? Mas, essa gente tem que cair. Não foi a razão da luta acabar com esta porcaria de gente?*

— *Não estou a falar disso* — respondeu Luís. — *Não tens medo que nos apanhem aqui contigo?*

— *Com vocês? Mas, afinal, vocês existem? Não posso estar com quem não existe.*

Riram-se. Levantaram-se e separaram-se pelas duas portas da casa. Aníbal, antes de entrar:

— *Eh, Samuel! A luta continua!*

A comissão chegou três dias depois. Era acompanhada por um jornalista que se interessou pela história de Luís e Aníbal. Prometeu-lhe mexer no problema. Se as coisas não se resolvessem, ele publicaria no jornal e os responsáveis da aldeia seriam desmascarados.

A comissão trabalhou durante dois dias. Convocaram então uma assembleia geral dos aldeões. O recinto ficou cheio, vieram todos saber das novidades. O chefe da comissão anunciou as solenes conclusões:

— *Estudámos com muita atenção o problema dos dois elementos que deram aparecimento na aldeia. Chegámos à seguinte conclusão oficial: os camaradas Luís Fernando e Aníbal Mucavel devem ser considerados populações existentes.* Aplausos. A assembleia parecia mais aliviada que contente. O orador prosseguiu:

— *Mas os dois aparecidos é bom serem avisados que não devem repetir essa saída da aldeia ou da vida ou seja lá de onde. Aplicamos a política de clemência, mas não iremos permitir a próxima vez.*

A assembleia aplaudiu agora com convicção. Ao outro dia, Luís Fernando e Aníbal Mucavel começaram a tratar dos documentos dos vivos.

A menina de futuro torcido

Joseldo Bastante, mecânico da pequena vila, punha nos ouvidos a solução da sua vida. Viajante que passava, carro que parava, ele aproximava e capturava as conversas. Foi assim que chegou de ouvir um destino para sua filha mais velha, Filomeninha. Durante toda uma semana, chegavam da cidade notícias de um jovem que fazia sucesso virando e revirando o corpo, igual uma cobra. O rapaz tinha sido contratado por um empresário para exibir suas habilidades, confundir o trás para a frente. Percorria as terras e o povo corria para lhe ver. Assim, o jovem ganhou dinheiro até encher caixas, malas e panelas. Só devido das dobragens e enrolamentos da espinha e seus anexos. O contorcionista era citado e recitado pelos camionistas e cada um aumentava uma volta nas vantagens elásticas do rapaz. Chegaram mesmo a dizer que, numa exibição, ele se amarrou no próprio corpo como se fosse um cinto. Foi preciso o empresário ajudar a desatar o nó; não fosse isso, ainda hoje o rapaz estaria cintado.

Joseldo pensou na sua vida, seus doze filhos. Onde encontraria futuro para lhes distribuir? Doze futuros, onde? E assim tomou a decisão: Filomeninha havia de ser contorcionista, apresentada e noticiada pelas estradas de muito longe. Ordenou à filha:

— *A partir desse momento, vais treinar curvar-te, levar a cabeça até no chão e vice-versa.*

A pequena iniciou as ginásticas. Evoluía lentamente para o gosto do pai. Para acelerar os preparos, Joseldo Bastante trouxe da oficina um daqueles enormes bidões de gasolina. À noite amarrava a filha ao bidão para que as costas dela ficassem noivas da curva do recipiente. De manhã, regava-a com água quente quando ela ainda estava a despertar:

— *Essa água é para os seus ossos ficarem moles, daptáveis.*

Quando a retiravam das cordas, a menina estava toda torcida para trás, o sangue articulado, ossos desencontrados. Queixava-se de dores e sofria de tonturas.

— *Você não pode querer a riqueza sem os sacrifícios* — respondia o pai.

Filomeninha amarrotava a olhos vistos. Parecia um gancho já sem uso, um trapo deixado.

— *Pai, estou a sentir muitas dores cá dentro. Deixa-me dormir na esteira.*

— *Nada, filhinha. Quando você for rica hás de dormir até de colchão. Aqui em casa todos vamos deitar bem, cada qual no colchão dele. Vai ver que só acordamos na parte da tarde, depois dos morcegos despegarem.*

Os tempos passaram, Joseldo sempre esperando que o empresário passasse pela vila. Na garagem os seus ouvidos eram antenas à procura de notícias do contratador. Nos jornais os olhos farejavam pistas do seu salvador. Em vão. O empresário recolhia riquezas em lugar desconhecido.

Enquanto isso, Filomena piorava. Quase não andava. Começou a sofrer de vómitos. Parecia que queria deitar o corpo pela boca. O pai avisou-lhe que deixasse essas fraquezas:

— *Se o empresário chegar não pode-lhe encontrar da maneira como assim. Você deve ser contorcionista e não vomitista.*

Decorreram as semanas, destiladas na angústia de Joseldo Bastante. Numa terra tão pequena só se passa o que passa. O acontecimento nunca é indígena. Chega sempre de fora, sacode as almas, incendeia o tempo e, depois, retira-se. Vai-se embora tão depressa que nem deixa cinza para os habitantes reacenderem aquele fogo, se gostarem. O mundo tem sítios onde para e descansa a sua rotação milenar. Aquele era um desses lugares.

O tempo foi-se enchendo de nadas até que, uma tarde, Joseldo escutou de um camionista a chegada do destino: o empresário estava na cidade preparando um espetáculo.

O mecânico abandonou o serviço e rapidou para sua casa. Disse à mulher:

— *Veste Filomeninha com seu vestido novo!*

A mulher estranhou:

— *Mas essa menina não tem vestido novo.*

— *Estou a falar o seu próprio vestido. O seu, mulher.*

Puseram a menina de pé e meteram-lhe o vestido da mãe. Largo e comprido, via-se que as medidas não condiziam.

— *Tira o lenço. Artistas não usam panos na cabeça.*

Mulher: trança lá o cabelo dela, enquanto vou arranjar dinheiro da passagem do comboio.
— *Vai onde arranjar o tal dinheiro?*
— *Não é seu assunto.*
— *Joseldo?*
— *Não me chateia, mulher.*

Horas depois partiam para a cidade. No comboio, o mecânico satisfez-se de pensamentos: um fruto não se colhe às pressas. Leva seu tempo, de verde-amargo até maduro-doce. Se tivesse procurado a solução, como outros queriam, teria perdido esta saída. Orgulhoso, respondia aos apressados: esperar não é a mesma coisa que ficar à espera.

No embalo dos carris seguia Joseldo Bastante a entregar sua pequena filha à sorte das estrelas, à fortuna dos imortais. Olhou a menina e viu que ela estremecia. Perguntou-lhe. Filomeninha queixou-se do frio.

— *Qual frio? Com todo esse calor, onde está o frio?*

E procurou o frio como se a temperatura tivesse corpo e lhe tocasse num arrepio dos olhos.

— *Deixa, filhinha. Quando começar entrar fumo, isto já vai aquecer.*

Mas as tremuras da menina aumentavam sempre até serem mais que o balanço do comboio. Nem o vestido largo escondia os estremeções. O pai tirou o casaco e colocou-o sobre os ombros de Filomena.

— *Agora veja se para de tremer que ainda me descose o casaco todo.*

Chegaram à cidade e começaram a procurar o escritório do empresário. Seguiram por ruas sem fim.

— *Charra, filha, tantas esquinas! E todas são iguais.*
O mecânico arrastava a filha, tropeçando nela.
— *Filomena, fica direita. Hão de dizer que lhe levo até no hospital.*
Por fim, deram com a casa. Entraram e foram mandados esperar numa pequena sala. Filomeninha adormeceu-se na cadeira, enquanto o pai se entretinha com sonhos de riqueza. O empresário recebeu-os só no fim do dia. Respondeu sem muitos quês.
— *Não me interessa.*
— *Mas, senhor empresário...*
— *Não vale a pena perder tempo. Não quero. O contorcionismo já está visto, não provoca sensação.*
— *Não provoca? Veja lá a minha filha que chega com a cabeça...*
— *Já disse, não quero. Essa menina está é doente.*
— *Essa menina? Essa menina tem saúde de ferro, aliás de borracha. Só está cansada da viagem, só mais nada.*
— *A única coisa que me interessa agora são esses tipos com dentes de aço. Umas dessas dentaduras que vocês às vezes têm, capazes de roer madeira e mastigar pregos.*
O Joseldo sorriu, envergonhado, e desculpou-se de não poder servir:
— *Sou mecânico, mais nada. Parafusos mexo com a mão, não com os dentes.*
Despediram-se. O empresário ficou sentado na grande cadeira achando graça àquela menina tão magra dentro de vestido alheio.
No regresso Joseldo ralhava com o destino. *Dentes, agora são dentes!* A seu lado, Filomena arrastava-se, trocando os passos. Entraram no comboio e espera-

ram a arrancada do regresso. O pai foi acalmando. Parecia olhar o movimento da estação mas os seus olhos não passavam além do vidro fosco da janela. De súbito, um brilho acendeu-lhe o rosto. Segurando a mão da filha, perguntou, sem a olhar:

— *É verdade, Filomena: você tem dentes fortes! Não é isso que diz a sua mãe?*

E como não tivesse resposta, abanou o braço da criança. Foi então que o corpo de Filomeninha tombou, torcido e sem peso, no colo de seu pai.

Patanhoca,
o cobreiro apaixonado

O Patanhoca foi ele que matou a china Mississe, dona da cantina da Muchatazina. Agora, a razão que lhe fez matar, não sei. Falam muita coisa, cada qual conforme. Perguntei, fui respondido. Vou contar a estória. Nem isso, pedaços de estória. Pedaços rasgados como as nossas vidas. Juntamos os bocados mas nunca completa.

Uns dizem foi ninguém que matou. Assim mesmo, morreu dentro no seu corpo, razões do sangue. Outros chegaram de ver as feridas onde o veneno deu entrada na falecida.

Não quero mostrar verdade, disso nunca soube. Se invento é culpa da vida. A verdade, afinal, é filha mulata de uma pergunta mentirosa.

Começo na Mississe.

I. A viúva das distâncias

Mississe era uma viúva, chinesa, mulher de segredos e mistérios. A loja dela ficava onde já acabaram estradas e restam só caminhos descalços do pobre. Hora de abrir e fechar não havia: era a vontade dela que mandava. O cedo e o tarde era ela que fazia.

As alegrias saíram-lhe da vida, esqueceram de voltar. A tristeza era cadeado fechado na Mississe. Mesmo diziam era xicuembo dos chinas e que a terra de longe, viajando em fumos, lhe atacava a alma.

Ninguém conhecia como viera, maneira como despedira com os seus. E a China, todos sabem, é uma distância. A viagem é demora tanta que um homem muda cor da sua pele. Vizinhos e clientes perguntavam-se no marido dela que morreu. E as noites de Mississe — ela dividia o frio com quem? Quem lhe apagava o escuro?

Quando chegou à Muchatazina ainda era nova. Bonita, dizem os do tempo. Os portugueses, à escondida, vinham visitar a beleza dela. Não entravam na sua graça, ficavam suplentes de ninguém. A viúva embrulhava-se nos azedos, enviuvando sempre mais. Os portugueses, ricos até, saíam de ombros cabisbaixos. Paravam no quintal, no proveito da sombra dos muitos cajueiros. Para distrair raiva arrancavam dos ramos o fruto. Caju é sangue do sol pendurado, doce fogo de bebermos. E afastavam, soprando ameaças.

Aos sábados a viúva escorregava nas bazucas, uma, duas, mais que mais. Acabava quando a cerveja lhe molhava o sangue todo.

A cantina luzava, o gerador roncando para tchovar aquela luz. Das janelas saíam fumos e mistérios, incensos da china a drogarem as luas. Ouvia-se, então, a dor daquela mulher. Nos corredores rasgavam-se os gritos, a voz dela rodava num poço escuro. Uma noite compreenderam-lhe nos gritos: *"Meus filhos! Entrega os meus filhos, assassino"*.

Afinal, havia os filhos? Como se ninguém sabia? Os vizinhos escutavam, admirados, aquele lamento. A viúva gemia, gritava, uivava. Quiseram acudir-lhe, apagar-lhe as fúrias mas ninguém podia chegar lá. Sempre e sempre a sombra. A morte, único jardim à volta da casa, cercava o desespero da viúva.

II. O Patanhoca, mecânico
das serpentes

Patanhoca era um coitado, roubado na sorte da vida. Uma qualquer coisa lhe arrancara os lábios, ficara a boca sem em baixo nem em cima. Os dentes nunca afastavam. A boca, da maneira que nunca pestanejava, parecia inveja de uma hiena. A alma toda de um vivente pode ficar atrás dos dentes? Se esse era o castigo do Patanhoca. Diziam era o demónio transferido na Muchatazina. Mentira. Quem disse sobre da cara do diabo? É feia? Ao contrário, o demónio está no mais bonito, para nos enganar a escolher o vice-versa. Um homem assim não tenta com as mulheres: ama as cobras, os bichos e as coisas que não pedem beleza. O apanhador das cobras ensinara-se a solteirar.

Tardes, manhãs e outros quandos, Patanhoca fechava-se com as cobras dele. Mecânico de serpentes, raspava a ferrugem das escamas, educava os venenos das ditas. Arte de quem perdeu técnica de viver, sabedorias do inferno. Nem valia a pena procurar a verdade do caso da vida dele. O Patanhoca sabia, na realmente, o segredo das cobras? Resposta sem documento nem testemunha. Mas os duvidantes, se é que havia, nunca foram ouvidos.

As tardes desmanchavam a luz, era quando ele saía, o escuro a segurar o petromax. Os caminhos já estavam cegos mas o Patanhoca arrumava seus passos na direção da cantina.

No destino ele apagava o petromax e começava o serviço de espalhar feitiço. O encosto dele era ali, no pátio, mocho a teimar nas luzes da Mississe. Qual o motivo do Patanhoca noitar sempre ali? Eram só de graça as demoras? Havia, sim, razão de amor.

A vergonha amarrava as paixões do cobreiro. Olhar era o único saguate das sombras e silêncios. Mostrar o coração sem mostrar o corpo, espalhar ajudas e bondades: assim escolhera João Patanhoca, no segredo da sua vida. Uma viúva não é mais sozinha que ninguém? Onde está o braço que lhe defende?

Esse braço era o Patanhoca. Os seus poderes afastavam os ladrões da cantina. Todas as noites, dizem, soltava as cobras à volta da casa. Eram tantas as cujas cobras que a areia se envenenava debaixo da noite. Não se precisava ser mordido. Bastava um alguém pisar no pátio. De manhã, ninguém podia entrar ou sair sem o dono das serpentes dar ordem das suas rezas. As falas dele varriam o quintal e acabava a fronteira. Tudo isso, todo esse serviço de guarda, o Patanhoca fazia sem pedir a troca. Pendurava os olhos na viúva, já não eram olhos, eram serventes de caprichos chineses.

III. Primeira noite: o convite

Até que uma vez a viúva abriu a porta. Estava nua? Ou era gozo da luz negando-lhe as roupas? Ela fez um aceno. O Patanhoca ficou como estava, sem comparência. Depois ela chamou, voz de mãe:

— *Sai do escuro, entra!*

Ele continuou parado, sentinela de medos, analfabeto da felicidade. Não tinha para a frente. Ela voltou a chamar, desta vez mais rouca. Desceu as escadas, adiantando o corpo no escuro. Sentiu o cheiro dos mitombos espalhando espantos. Nunca ela vira o tamanho de um cheiro assim.

— *Volta para dentro, Mississe!*

Ordem do Patanhoca. Era a primeira vez da sua voz. As palavras saíam cuspidas, raspadas, sem o redondo dos pês e dos bês. As cigarras calaram, a noite sufocava. A viúva finge não ouvir e prossegue, sem volta. De novo, o Patanhoca avisador:

— *Passopa! Nhoca!*

Então, ela parou. Ele veio-lhe mais perto, guardando-se no lado escuro. Estendeu um pequeno saco de pano:

— *Aquece este chá: é o remédio.*

— *Nada. Não preciso.*

— *Não precisa, como?*

— *Só quero que você venha ficar aqui.*

— *Ficar onde?*

— *Viver aqui, junto comigo. Fica, João.*

Ele estremeceu: João? Os olhos fecharam, sofridos: uma palavra, um nada pode fazer tanto mal a um homem?

— *Não fale esse nome outra vez, Mississe.*

Ela avançou mais, cada vez queria-lhe encostar a sombra.

— *João? É o seu nome. Não posso falar, porquê?*

O silêncio autorizou as cigarras. Homens e bichos falam por turnos, é assim a lei da natureza.

Um homem chora? Sim, se lhe acordam a criança que tem dentro. O Patanhoca chora, não sabe lagrimar, fazem falta os lábios.

— *Por que você não volta mais outra vez?*

— *Sou Patanhoca, eu mesmo. Não é só nome que fui dado. Tenho focinho, não é cara de pessoa.*

— *Não, você é João. É o meu João.*

Ele explica suas mágoas, diz que a sua vida está partida e os pedaços quando se apanham é sempre tarde. A chinesa cansa-se do lamento:

— *Então, deixa-me sair. Acaba esta prisão de todas as noites, acaba estes sustos, estas cobras a cercarem a minha vida.*

Com as fúrias ele atira o saquinho para o chão e afasta-se do redondo da luz onde conchegara sua tristeza.

IV. Segunda noite: a revelação

A outra noite, Patanhoca voltou mais cedo. Ela já estava sentada nas escadas, como rainha, vestida de perfumes. Os chibantes roubavam-lhe a idade, lustrando a pele. O Patanhoca esquece-se de cobrir a vergonha no escuro, aproxima-se nas costas da mulher. Chama-a, ela nada.

— *Mississe?*

A viúva levanta os olhos e ele estremece. Estavam ali os vinte anos dela, estava ali o prémio de todos caçadores de desejos.

— *Mississe, você estás abusar. As cobras vão te morder.*

Ela afastou-se um degrau e convidou:

— *Senta aqui, João. Vamos falar.*

Um passo atrás.

— *Não. Fala daí, estou a ouvir.*

— *João, aproxima. Juro, não te vou-te olhar. Falo à sua trás.*

Ele aceita. Fica enrolado no corpo.

— *Então?*

— *Não há outro homem, não há de haver. Só você, só.*
— *Por que estragaste minha vida, Mississe?*
— *Não vamos falar o problema, faça favor.*
— *Temos que falar.*
Ela pausa. Custa lembrar, na boca já não é saliva
— é sangue empurrando as palavras.
— *Mataste eles, João.*
— *Mentira, foram as cobras.*
Ela começa os nervos, a boca a tropeçar na raiva:
— *E quem trouxe as cobras? Não foi você? Avisei-*
-lhe, tantas vezes pedi: leva-lhes daqui, desapareça-as.
Mas você sempre respondia que era artista. Artista de
quê?
— *Era, sou. Só aquela noite estava grosso. Os segre-*
dos fugiram, foi isso.
Ela chora, nem esconde a cara. A lua trança-lhe
as lágrimas. Nascem pérolas. O calor das autênticas
desmaia com a inveja. Ele procura emendar ofensas,
sem jeito.
— *E eram quem? Crianças sem destino para diante.*
Mulatos-chinas, raça sem raça. A gente faz filhos para
ser mais...
— *Cala-se, Patanhoca!*
Ela levantou corpo e grito, misturados num
subitamente. Atira a porta e fica dentro, soluçadora.
Patanhoca, de pé, mãos juntas frente ao peito,
desculpa-se sem encontrar meio. A voz da Mississe
chega-lhe, acusadora:
— *Todos pensam que você é bom, enquanto não.*
Pensam que você me ajuda, com as suas cobras à volta da
noite. Eu sei, só eu sei que as cobras são para me fechar.
Você quer me prender para sempre, para não fugir com
outros homens.
Ele vai-se afastando devagar, magoando-se nas

palavras dela. Mas aquela dor era quase boa de sentir e, vez em quando, ele demora a sua atenção.

— *Você é mau, Patanhoca. Não foi você que escolheu as cobras, elas é que lhe escolheram.*

Deixou-se ir, bêbado da sua alma. Ciúmes dos outros, ciúmes dos vivos, era essa a sua maldade. Os outros, seja eram belos ou feios, podiam trocar-se nos dias. Só ele não tinha a moeda precisada. Os outros fumavam, beijavam, sobiavam, mereciam cumprimentos e bons dias. Só ele se cansava de ninguém. A china Mississe roubara-lhe o fogo que a gente acende nos outros.

V. Terceira noite: o conselho
do sono

Era já noite, penúltima, o Patanhoca continuava em sua casa.

Estava deitado na esteira a arrumar assuntos de pensamento:

— *É verdade. Matei os próprios dois meninos, foi sem querer. Essa noite a bebida confundiu minhas mãos. Troquei os mitombos. Mas essa china castigou-me bem.*

E fechava os olhos como se doesse aquela lembrança aleijada, ela batendo-lhe fúrias na cabeça, partindo a garrafa, vidrando-lhe a carne. Sangue e cerveja escorrendo numa só espuma, os gritos dela desmaiaram no chão onde ele escureceu. Todos pensaram morreu. Mesmo ela que o deixara, feridas e vidros, ao cacimbo da noite. A china mudou-se para o subúrbio da cidade, montara o negócio.

Ele rastejara na escuridão, mãos e vozes seguraram-lhe o sopro da vida e levaram-lhe por caminhos que ele só conhecia. Quis esquecer a china mas desconseguiu. Deitava o barco da sua vida nas outras águas: a mesma corrente o amarrava.

146

Decidiu mudar para o lugar dela, emboscou-se como caçador do seu destino. Encontrou-a e viu que ainda não tinha sido substituído. A Mississe ruava os pretendentes, seja eram ricos e poderosos. Estaria à sua espera? Medo e vergonha não o deixaram mostrar-se. Apresentou-se pelas cobras, enviadas para afastar ameaças de ladrões. Se ela demorou a compreender, Patanhoca nunca soube. Ela não mostrava mudança, continuava viúva sem esperas. O sossego dela mentia?

Assim pensava suas perguntas João Patanhoca, o cobreiro da Muchatazina, enquanto deitava seus cansaços. Adormeceu na espera do conselho dos sonhos. Ouviu as visões com atenção. Diziam o seguinte: ela estava arrependida, perdoara. Ele seria aceite, outra vez João, outra vez nome e cara. Outra vez gostado.

VI. A última noite

A Mississe pusera mais outra vez aquele alvoroço no coração dele. Estava ali, na chuva da luz, apagando as estrelas. Só ela brilhava, saia e blusa brancas, cabelo desamarrado a pingar nos ombros. O Patanhoca sobrava do corpo: então era verdade a fala do sonho! Ela bonitava-se para a festa do seu regresso.

— *Esta noite, João, vamos divertir.*

Ele não respondeu nada, tinha medo de rosnar, desgraçar aquele João que ela lhe chamava. Com um gesto da cabeça ela apontou o corredor da cantina:

— *Entra, João, vamos beber.*

Ele subiu os degraus de pedra, sacudiu os pés à entrada, cruzou os tapetes, pedindo licenças em todos os cantos. Sobre um armário, na sala, tinha exposição da grande fotografia da felicidade deles, os dois mais os filhos, juntos a comemorar a vida.

Sentou-se com as cerimónias. Ela serviu os copos. Não era cerveja, era desses vinhos que dão tonturas mesmo antes de beber. Desfiava lembranças, doces missangas corriam entre um e outro copo. Ele foi perdendo maneiras e a bebida escorria-lhe no queixo, descarada.

— *Vou parar de beber, Missise. Estou a ver o mundo com muita velocidade.*

Ela tinha um sorriso estranho, tranquilo de mais.

— *Não, João. Bebe sua vontade. Eu quero que você beba. Depois, tenho um pedido.*

E enchia outro copo, inimiga dos vazios. João estranhava o pedido, aflito desse depois que ela prometia. Esperanças e medos cruzavam e ele dizia o que não queria, sempre querendo o que não dizia.

— *Missise: não foi mitombos que eu troquei na minha vida. Troquei-me de mim. Agora, sou João ou Patanhoca?*

Ela pegou-lhe nas mãos, fê-las uma e falou:

— *João, faz favor, ouve: vai na tua casa, traz aquele mitombo que tu sabes. Quero tomar esta noite.*

Então, era esse pedido? Ou talvez era uma armadilha, aldrabice de esperanças?

— *Não posso, mulher. Estou grosso, faltam as pernas para acertar o caminho.*

— *Vai, João. O caminho tu sabes, olhos fechados.*

Ele olhou em volta: a toalha de linho, a fotografia, coisas do tempo que fugira, estavam ali, testemunhas sem fala das suas vidas desencontradas. A Missise insiste. Levanta-se e encosta o seu corpo de sabor quente, coloca as mãos nas costas suadas do Patanhoca. Ele estranha, já não sabe receber.

Ergue-se brusco, aponta o corredor e vai. Custa-lhe a linha daquele caminho. No fundo, volta-se num arrependimento quase:

— *Mas, você? Qual é o mitombo, Missise? A vacina das cobras?*

Ela não responde, está de costas, na arrumação de pratos e copos.

— *Sabes, Missise? O único remédio sabes qual é?*

E ri-se, fungando espirros. Ela olha-o, entristecida. Como custava olhar aquele riso que ele usava mas que não lhe pertencia.

— *Missise, estou-te a dizer: o remédio próprio é esse vinho que já acabamos.*

— *É tarde. Depressa-te, João.*

Ele esforça-se nos degraus e vai-se metendo na noite. Parece que ela diz ainda qualquer coisa, ele não entende, abana a cabeça confuso. Será que ouviu bem? Voltar na China, foi o que ela disse? Tenho pressa da terra para nascer? Mania da china, concluiu ele baixinho.

Sorriu, compreensivo. A velha devia estar bêbada, coitada, até que merecia. Assim pensava, tropeçando no caminho, João Patanhoca. Sentia pena dela. Afinal, ela era viúva de um vivo, dele próprio. E há tantos anos que não tirava do armário a blusa das rendas, tantos anos que não estendia na mesa a branca toalha das visitas.

Glossário

Baloii: feiticeiros, deitadores de sorte (plural de nóii).
Bazuca: garrafa de cerveja de tamanho grande.

Chibante: bonito, adorno, enfeite.
Chinhanhane: passarinho.
Concho: canoa.

Machamba: terreno de cultivo.
Mitombos: remédio, mezinha.

Nóii: feiticeira.

Passopa, nhoca: cuidado, cobra.
Patanhoca: aquele que agarra cobras.

Saguate: gorjeta.
Suca!: fora daqui!

Tchovar: empurrar.
Timbila: xilofone de madeira.

Xicuembo: feitiço.

1ª EDIÇÃO [2013] 5 reimpressões

ESTA OBRA FOI COMPOSTA PELA SPRESS EM CASLON PRO E IMPRESSA EM OFSETE PELA GRÁFICA BARTIRA SOBRE PAPEL PÓLEN BOLD DA SUZANO S.A. PARA A EDITORA SCHWARCZ EM MARÇO DE 2020

A marca FSC® é a garantia de que a madeira utilizada na fabricação do papel deste livro provém de florestas que foram gerenciadas de maneira ambientalmente correta, socialmente justa e economicamente viável, além de outras fontes de origem controlada.